1,50

Winkler ist Angestellter einer Werbeagentur in Salzburg. Das Verhalten seiner Kollegen und seines Chefs irritiert ihn, genau verfolgt er die Abläufe im Büro, registriert aufmerksam Gesten, Bewegungen und Handlungen der weiteren Angestellten. Auch in seiner Freizeit ist er zuweilen sehr erstaunt über Reaktionen und Erwartungen seiner Freunde. Winkler drängt es zu mehr Freiheit, er verspürt in seinem Alltag großes Ungenügen. Zuhause räumt er sein Zimmer leer, entfernt alles, was die Wände zierte. Aber erst als er kündigt, eröffnet sich ihm wieder eine abenteuerliche Zukunft. Und bei einer Wanderung ist es ihm so, als atme er im Rhythmus der Natur.

In klarer Sprache macht Walter Kappacher die kleinen und großen Widrigkeiten des Alltags bewusst. Ein schon zu den Klassikern zählender Roman über den Ausstieg aus einem vorgefertigten Leben, über die Suche nach einer eigenen Perspektive.

Walter Kappacher, geboren 1938 in Salzburg. Seit 1978 freier Schriftsteller. Lebt in Obertrum bei Salzburg. Zahlreiche Auszeichnungen, u. a. Hermann-Lenz-Preis 2004, Großer Kunstpreis des Landes Salzburg 2006; Mitglied der Deutschen Akademie für Sprache und Dichtung und der Bayerischen Akademie der Schönen Künste. Zuletzt erschienen: ›Selina oder Das andere Leben‹ (2005) und ›Hellseher sind oft Schwarzseher‹ (2007) und ›Der Fliegenpalast‹ (2009). Für sein Gesamtwerk wurde Walter Kappacher 2009 mit dem Georg-Büchner-Preis ausgezeichnet..

Walter Kappacher

Morgen

Roman

Deutscher Taschenbuch Verlag

Von Walter Kappacher
sind im Deutschen Taschenbuch Verlag erschienen:
Silberpfeile (13873)
Selina oder Das andere Leben (13872)

Oktober 2009
Deutscher Taschenbuch Verlag GmbH & Co. KG,
München
www.dtv.de
Lizenzausgabe von Deuticke im Paul Zsolnay Verlag Wien
© Deuticke im Zsolnay Verlag Wien 1992
Umschlagkonzept: Balk & Brumshagen
Umschlaggestaltung: Lisa Helm unter Verwendung eines Fotos
von gettyimages/Photonica/Joshua Sheldon
Satz: Greiner & Reichel, Köln
Gesetzt aus der Caslon 10,2/13,5
Druck und Bindung: Druckerei C. H. Beck, Nördlingen
Gedruckt auf säurefreiem, chlorfrei gebleichtem Papier
Printed in Germany · ISBN 978-3-423-13874-1

ICH HATTE schon geschlafen, war durch irgend etwas geweckt worden, wälzte mich auf die andere Seite, hörte jetzt einen Wagen vor dem Haus halten, dann knirschte der Kies auf dem Weg zur Eingangstür, ich lauschte mit angehaltenem Atem, Schritte kamen näher, die Haustür wurde geöffnet, Schritte tappten die Treppe herauf.

WIE ES meinem Vater ginge, fragte Gerda, als ich zu ihr in den Wagen stieg. Ich legte den Aktenordner auf den Rücksitz und setzte mich. Gerda erzählte, während sie losfuhr, daß sie für einen Lederhändler die Buchhaltung übernommen habe, dafür mache sie in ihrer Firma keine Überstunden mehr, das bringe nichts ein. Ich sagte, es werde sehr schwierig sein, ihren alten Wagen auf dem Gelände wiederzufinden, wo jeden Tag einige hundert Wracks eingeliefert werden. »Daß es schwierig ist, brauchst du mir nicht zu sagen«, erwiderte sie, »das weiß ich selbst«. Ich sagte jetzt nichts mehr, schwieg, und sie begann von dem Fernsehfilm zu erzählen, den sie gestern abend gesehen hatte, ein englisches Bühnenstück, das verfilmt worden war.

SOWIE HERR Kaltenbrunner zur Tür hereinkam, machten sich Jupp und Schorsch von meinem Schreibtisch davon; Schorsch wünschte dem Chef einen guten Morgen und ging in sein Büro hinüber, Jupp begann auf seiner »Adler« zu klappern, und ich tat, als sei nichts, las weiter in dem Artikel über Jochen Rindt, über den wir eben diskutiert hatten, mit höchster Konzentration las ich weiter, so als wäre ich hier angestellt, um jeden Morgen die Zeitung von vorne bis hinten zu lesen. Und Kaltenbrunner stellte seine pralle Aktentasche auf Jupps Tisch, gab Jupp die Hand, wünschte guten Morgen, kam herüber, gab Fräulein Hofer die Hand, wünschte guten Morgen, und auch ich erhob mich halb vom Sessel und wünschte guten Morgen, und Kaltenbrunner verwickelte mich in ein Gespräch über die Aktion mit den Persil-Plakaten, er stand neben mir, sah auf die Zeitung hinab und tat, als sei das ein graphischer Entwurf, mit dem ich beschäftigt sei, die ganze Zeit redete er und schaute auf die Zeitung und ließ sich nichts anmerken, und ich wurde langsam wütend und wünschte, er sagte »die Zeitung lesen Sie bitte zu Hause«, aber er erzählte jetzt, daß sich die Wiener gestern sehr lobend über mich ausgesprochen hätten, und sagte, »demnächst fahren Sie mit mir nach Wien«, und ich sagte nichts darauf, sah ihn nicht einmal an, blickte immer auf die Zeitung, obwohl ich mich längst nicht mehr konzentrieren konnte, nicht eine Zeile hätte ich lesen können.

JA, DIESE Schritte kannte ich, und sie kamen immer näher, herauf in den zweiten Stock, manchmal stieß ein Schuh gegen die Treppe, wenn der Fuß zu wenig angehoben wurde, Gemurmel, o wie ich diese Geräusche kannte. Dann stieß ein Schlüssel kratzend ins Schlüsselloch, aber es war nicht der richtige, beim ersten Mal war es nie der richtige Schlüssel. Und der Schlüsselbund klirrte jetzt heftig und das Gemurmel wurde lauter und ungehaltener, und ein zweiter Schlüssel fand jetzt scheppernd seinen Weg ins Schloß, diesmal war es der richtige. Und ich vernahm, wie die Tür geöffnet wurde, das Selbstgespräch wurde jetzt verständlich, und ich vergrub meinen Kopf unter dem Polster, denn ich wollte das alles gar nicht hören, kein Wort davon.

VOR DEM Arbeitsamt sahen wir Dieter über die Straße laufen. Gerda hupte so lange, bis er uns bemerkte, sie fuhr rechts heran, und ich zwängte mich aus dem Wagen und ließ ihn auf den Rücksitz. Wir hatten es jetzt nicht mehr weit. Dieter hatte sich sofort bereit erklärt mitzumachen, und ich mußte mit ansehen, wie er es verstand, Gerda mit ein paar Worten aufzuheitern.

Der Platzmeister hörte sich unsere Geschichte an, er streckte den Arm aus und sagte »na, dann versucht einmal euer Glück«, und ging wieder in seine Baracke.

Wir beratschlagten, ob wir uns trennen sollten, ob jeder auf eigene Faust losziehen und suchen sollte, oder ob wir beisammenbleiben sollten, und wir entschieden uns dafür beisammenzubleiben, denn wir hatten Angst, uns auf dem Riesengelände aus den Augen zu verlieren und uns dann gegenseitig suchen zu müssen. Wir kannten Gerdas alten Wagen, den rostigen Fiat, und Dieter meinte, »den haben wir gleich, wenn er erst vor ein paar Tagen eingeliefert wurde«, und wir gingen die Gasse zwischen den Halden aufgetürmter Autowracks durch und musterten alles, was rot war.

ICH TRUG meinen Namen ins Abwesenheitsbuch ein und lief auf die Straße, kam dort aber nicht vom Fleck, denn die Straße war verstopft mit Fußgängern. Es fiel mir schwer, mich dem schleppenden Gehtempo anzupassen, ich hatte es eilig, aber es blieb mir nichts anderes übrig in dem Gedränge. Wir haben eben schon Juni, sagte ich mir, die Saison hat begonnen, da sind sie wieder, diese Leute, mit ihren am Leib baumelnden Spielzeugen, eine einzige große Schafherde, sie treiben sich gegenseitig durch die Gassen, ich aber hatte es eilig, mußte bis vier Uhr wieder im Büro sein, Hofbauer wollte um vier nochmals anrufen, aber drängen hatte hier überhaupt keinen Sinn; so denke ich mir, muß eine Dschungeldurchquerung sein, und ich wünschte mir auch eine Machete, um mir Bahn zu hauen, und vor mir fluchte jetzt ein untersetzter Mann auf Schwäbisch, jemand hatte ihm geschmolzenes Himbeereis auf den Anzug geleert, aber derjenige konnte nichts dafür, war gestoßen worden, und auch der, der ihn stieß, war gestoßen worden, und ich ergab mich jetzt in mein Schicksal und bewegte mich betont langsam vorwärts, so langsam, daß sie mir hinten schon auf die Fersen traten, ich steckte meine Hände in die Hosentaschen und schob mich im Zeitlupentempo vorwärts.

WÄHREND ICH die Platte umdrehe (Brandenburgisches Konzert Nr. 2), geht die Tür auf und er kommt herein, eine brennende Zigarette in der Hand. »Hast du dir's gemütlich gemacht«, sagte er, und ich merke, er hat getrunken und ist wackelig auf den Beinen. Ich sitze mit angezogenen Knien auf dem Boden, neben dem Plattenspieler, und tue so, als wäre ich völlig in die Musik versunken. Asche fällt auf den Teppich. »Schöne Musik«, sagt er und versucht, sich in meinen Schaukelstuhl zu setzen, aber er schafft es nicht ganz, fällt von der Seite her in den Stuhl hinein, seine Beine hängen über die Lehne, er ist hilflos da drinnen gefangen, aber es scheint ihm nichts auszumachen. Wenn doch nur Mutter käme, denke ich, die würde ihn schon ins Bett bringen. »Was ist das für eine Musik?« fragt er, »die gefällt mir«, »Bach«, sage ich. »Back? Was Back«, fragt er. Und ich wiederhole, im selben Tonfall: »Bach«. Er schüttelt verständnislos den Kopf und verstreut weiter Asche auf den Teppich.

WIR WAREN schon eine ganze Weile herumgelaufen und hatten auch eine ganze Menge roter Wagen gesehen, aber Gerdas roter Fiat war nicht darunter, und wir liefen weiter durch die hohlen Gassen zwischen den Blechhalden und hielten Ausschau. Ein kühler Wind begann jetzt zu wehen, und die Wrackhügel fingen an zu knarren, und links von uns öffnete sich gespenstisch-lautlos die Tür eines VWs, der auf einen anderen VW gestapelt war. Dieter rief, den Wagen würden wir nie finden, wir sollten umkehren, und er müßte um sechs Uhr beim Artis-Kino sein, aber Gerda hielt nichts vom Umkehren, sie warf den Zigarettenstummel auf die Erde und trat ihn aus, sie müsse ihren Christophorus haben, eher ginge sie hier nicht weg, und so marschierten wir weiter und schauten nach links und nach rechts, der Geruch von verbranntem Gummi lag in der Luft, und weiter vorne saßen ein paar Arbeiter wie Fellachen um ein Feuer, das heißt, es war ein Haufen von Kabeln, der brannte, und die Leute droschen mit Eisenstangen die verbrannten Gummihüllen von den Kabeln. Dieter wurde immer unruhiger, er maulte, er würde sich noch seinen Anzug dreckig machen, aber er blieb doch bei uns.

Der Wind wehte immer stärker und blies uns jetzt den stinkenden Qualm von dem verbrannten Gummi ins Gesicht. Wir begannen zu laufen, und es wurde uns bewußt, daß der Autofriedhof viel größer war, als wir uns vorgestellt hatten, die Berge von aufgetürmten Wracks nahmen kein Ende, und auch ich kam jetzt zu der Überzeugung, daß es wenig Sinn hatte weiterzusuchen. Gerda schien nicht daran zu denken aufzugeben. Das rhythmische Stampfen des Preßwerkes war seit einiger Zeit nicht mehr zu hören, und Dieter hatte denselben Gedanken wie ich, als er jetzt sagte »ich kauf dir einen neuen Christophorus, aber machen wir Schluß da«, doch dann sahen wir alle drei gleichzeitig den roten Fiat, hoch droben auf einem Haufen anderer Wracks, und Gerda war sicher, daß es ihr alter Wagen war, und wir brüllten Hurra, und ich mußte jetzt da hinaufsteigen, denn Dieter hatte einen neuen Anzug an. Gerda reichte mir noch einen kleinen Schraubenzieher aus ihrem Handtäschchen und ich kletterte vorsichtig da hinauf, und als ich endlich oben war, hatte der Fiat rote Sitze, Gerdas Wagen hatte aber schwarze, und ich rief das den beiden zu, und Gerda schrie »verdammter Mist«, und so kletterte ich wieder hinunter, was gar nicht so einfach war.

»DA IST ja die halbe Firma unterwegs!« rief mir Herr Kotsch zu, der mir entgegenkam, und obwohl er es mehr im Spaß gesagt hatte (zu mir war Kotsch immer zuvorkommend), wurde ich noch wütender, als ich durch dieses stockende Vorwärtskommen ohnedies schon war, und innerlich ließ ich ihm einen saftigen Fluch zukommen und sah gleichzeitig Fräulein Benisch mit einem Kleid überm Arm, das in einer durchsichtigen Hülle steckte, dahertrippeln. Da ist tatsächlich die halbe Firma unterwegs, dachte ich, denn vorher war mir schon Frau Schneider begegnet, und Jupp war sich Schuhe kaufen gegangen. Aber jetzt war ich endlich bei meiner Buchhandlung angekommen, zwängte mich zwischen ein paar Leuten hindurch, damit ich zur Tür hinein konnte, und sah, daß das Geschäft überfüllt war. Rechts stand so ein drehbarer, mit Ansichtskarten bespickter Turm, und drumherum standen Leute in Freizeithemden und drehten den Turm und drehten und drehten, ganz langsam drehten sie, als wollten sie den Rest des Tages damit zubringen, sich ein paar Ansichtskarten auszusuchen. Ich versuchte, an den Ladentisch heranzukommen, war jetzt schon über eine Viertelstunde von der Firma fort, aber an der Theke standen lauter Leute, die sich Stadtpläne und Stadtführer zeigen ließen, sie schlugen die Stadtpläne auseinander, ein ausgeklappter Stadtplan bedeckte den ganzen Ladentisch, und es waren zwei oder drei solcher Pläne, welche die Verkäuferin ausgelegt hatte, und das eine Ehepaar stritt sich jetzt, welcher Plan denn nun der geeigneteste sei. Der hier sei exakter, sagte die Verkäuferin, jede Straße sei hier eingezeichnet, »mit dem da finden Sie die Sehenswürdigkeiten leichter, es ist eine Reliefkarte«. Das Paar beriet sich weiter. Herr Faltmeier, der Verkäufer, von dem ich mich immer bedienen ließ, war ganz an den Rand der Theke abgedrängt worden, er erklärte, wie ich hörte, drei Damen die Unterschiede der vier Stadtführer, die er ihnen vorgelegt hatte. Ich dachte, während die Damen sich entschließen, könnte Faltmeier mir ja mein Buch, das ich bestellt hatte, bringen, aber er schien mich noch gar nicht gesehen zu haben. Schadenfroh sah ich zu, wie das eine Ehepaar jetzt dankte und gar keinen Stadtplan nahm, der kleine, den sie im Verkehrsamt bekommen hätten, täte es auch, sagte die Frau.

ER SAH bleich aus und seine Augen waren lichtlos, als er sich jetzt im Bett aufstützte und seinen Polster so zurechtrückte, daß er halb aufsitzen konnte. »Wie geht's?« fragte er, und man merkte, obwohl er sich bemühte, war er mit ganz anderen Dingen beschäftigt, oder vielleicht nur mit einer einzigen Frage, und die nahm seine ganze Kraft in Anspruch. Mutter nahm die Flasche Rotwein aus der Tasche und stellte sie auf das Nachtkästchen. Jetzt bekam auch der Bettnachbar, der bis dahin immer zu uns herübergestiert hatte, Besuch, ein junges Ehepaar vom Land. »Ja, gern«, sagte ich und drehte den Korkenzieher in den Korken. Als ich anzog, kam der Korkenzieher ohne Korken heraus und ich schämte mich etwas über das Versagen. Ich mußte ihm die Flasche reichen, aber er versuchte es nicht selber, fühlte sich wohl nicht dazu imstande, da rief der Bettnachbar, wir sollten dem Sepp, seinem Schwiegersohn, die Flasche geben, der würde den Korken schon herausbringen. Ja, der Sepp schaffte es, kunstvoll drehte er den Korkenzieher in den brüchigen Korken hinein, und dann zog er ihn heraus, wenn er auch dabei etwas rot anlief im Gesicht, er reichte mir die Flasche, nicht ohne mir einen halb triumphierenden, halb verächtlichen Blick zuzuwerfen.

»KOMM DOCH!« rief Jupp, aber ich hatte jetzt was gesehen und rief: »Moment mal«, denn ich sah durch das Gitter Herrn Kaltenbrunner den Platz betreten, in weißem Tenniszeug, und hinter ihm ging ein junger Trainer, mit einem Kübel voll Bällen, und ich sagte »schau doch, der Chef lernt Tennis spielen«, und das gefiel auch Jupp, er wollte zwar etwas trinken gehen, aber er stellte sich zu mir an den Baum, und durch das Drahtgeflecht beobachteten wir Herrn Kaltenbrunner, der uns jetzt den Rücken zukehrte und die Bälle zurückschlug, die der junge Trainer ihm zuspielte. Er schien noch nicht lange Tennis zu spielen, denn entweder verfehlte er die Bälle, oder er schlug sie ins Netz, und der Trainer wurde langsam unzufrieden mit unserem Chef, »holen Sie doch richtig aus!« rief er, oder »den Schläger richtig halten!« Und der Chef gab selbst zu, daß es heute nicht gut ginge, und er schlug weiter die Bälle ins Netz, oder er schlug sie so haushoch übers Netz, daß der Trainer sie nicht erreichen konnte. Der schlug Ball für Ball übers Netz und rief immer wieder »ausholen, ausholen, jetzt! jetzt!« und sagte, »das ist nix heute, Herr Kaltenbrunner«, sprang übers Netz, kam zum Chef und zeigte ihm, wie er den Schläger halten solle. Und der Chef übte jetzt das Halten des Schlägers, etwas in der Hocke stand er da und hielt den Schläger und holte aus und schlug durch die Luft und der Trainer rief »ja, so ist's gut«, und der Trainer sammelte die Bälle ein, ging auf seinen Platz, spielte wieder die Bälle dem Chef zu, und es ging jetzt etwas besser, aber wir hatten genug, wir hatten die ganze Zeit hinter dem Baum so in uns hineingelacht, daß wir jetzt beide einen Riesendurst hatten, und so gingen wir, um irgendwo was zu trinken.

TATSÄCHLICH BEGANN es bereits leicht zu dämmern, und Dieter rief plötzlich »jetzt hab' ich meinen Film versäumt«, aber Gerda beschwichtigte ihn und meinte, den Film spielten sie ja noch länger, und sie würde sich den Film auch gerne ansehen, aber erst wolle sie ihren Christophorus haben. Wir hatten ein bißchen die Orientierung verloren und wußten nicht mehr, aus welcher Richtung wir gekommen waren. Ich blieb stehen und dachte: selbst wenn der rote Fiat hier irgendwo stünde, ich bin schon so müde vom Schauen, daß ich ihn vielleicht glatt übersähe. Während ich so stand und nachdachte, hängte sich weiter vorne Gerda in Dieter ein, und er flüsterte ihr, wie ich sah, etwas ins Ohr, und sie begann wiehernd zu lachen und stieß ihn weg, aber stieß ihn doch nur so weg, daß er sofort wieder bei ihr war und ihr wieder etwas ins Ohr flüsterte. Ich lief hinter den beiden her und sagte »ich glaube, die schließen jetzt bald«, aber Gerda begann nur noch mehr zu lachen, und schließlich wurde sie vor lauter Lachen ganz weich in den Knien, und weil da gerade ein Wrack von einem Mercedes stand, ohne Türen, setzte sie sich hinein und zeigte Dieter die Zunge, und der setzte sich von der anderen Seite auf den zerschlissenen Sitz, aus dem eine Sprungfeder herausschaute, und versuchte Gerda zu küssen, aber Gerda zündete sich eine Zigarette an, und ich blieb vor dem Wagen stehen, denn ich hatte keine Lust, mich auf den Rücksitz zu zwängen.

ICH MUSSTE einen langen Gang entlanglaufen, links und rechts mündeten numerierte Türen in den Gang, und ab und zu kamen mir Frauen in Schwesterntracht entgegen. Am Ende des Ganges klopfte ich an die mir bezeichnete Tür und ging hinein, und als ich meinen Namen nannte, wußte die Schwester gleich Bescheid, ich brauchte nur einen Schein zu unterschreiben und bekam dann die Aktentasche, die so voll war, daß sie sich nicht mehr schließen ließ. Als ich schon bei der Tür war, rief mich die Schwester zurück, und ich mußte dann noch einen Zettel unterschreiben, und sie hängte mir den grünen Lodenmantel über den Arm, und ich murmelte, den kann ich aber wirklich nicht mehr tragen, denn ich brauchte ja beide Arme und Hände, um die pralle Aktentasche schleppen zu können. Irgendwie ging es dann aber doch, und als ich in den Park runterkam, setzte ich mich auf eine freie Bank und sah nach, was da alles in der Tasche war. Wenn es nach mir ginge, so dachte ich, dann würde ich jetzt die Tasche samt dem Inhalt in die nächste Mülltonne kippen, aber das konnte ich nicht tun, das wäre Mutter nicht recht. Ich kramte ein wenig in der Tasche. In der einen Außentasche lag ein fettiger Hosenträger, den warf ich in den Müllbehälter neben der Bank, ebenso die beiden Päckchen Zigaretten und die ausgetretenen Pantoffeln, und schon war ein wenig mehr Platz. Den elektrischen Rasierapparat – auf dem Scherenmesser klebten noch Barthaare – mußte ich wohl mit nach

Hause bringen, hingegen warf ich den Haufen schmieriger Kriminalschmöker zu den Hosenträgern. Jetzt ließ sich die Tasche schon schließen, den Pullover gab ich oben hin und schloß die Tasche. Die ganze Zeit, während ich im Bus hinten stand, erwartete ich den Augenblick, da ich die Sachen loswurde und mir die Hände waschen konnte, und war froh, daß mir auf der Heimfahrt kein Bekannter begegnete.

FRÄULEIN RIEMER legte mir die Postmappe auf den Schreibtisch, und ich griff gleich danach, denn ich wartete schon dringend auf einen Brief aus Wien. Obenauf lag ein Schreiben der Allianz-Versicherung; Kotsch hatte rechts unten mit rotem Kugelschreiber notiert: »Bitte Rücksprache!« Ich bekam gleich eine Mordswut, drehte mich auf meinem Sessel herum, ließ den Brief auf den Schreibtisch von Jupp segeln und sagte, »schau' dir den Affen an, der hat nichts zu tun. Ich rühr mich nicht, der kann mich doch! Der Blödian von der Allianz hat mir am Telefon gesagt, ›genau wie im vorigen Jahr‹, jetzt kommen die daher und wollen nicht bezahlen, weil ihnen der Text nicht paßt.« Jupp sagte, bei ihm hätte er neulich auch hingeschrieben »Bitte Rücksprache«, und er sei hinüber zu ihm, hätte ihm den Wisch unter die Nase gehalten und gefragt, was er eigentlich wolle. Dabei hätte sich herausgestellt, daß Kotsch überhaupt keine Ahnung hatte, was der Unterschied zwischen Offset und Buchdruck ist, er hätte ihm alles erklären müssen. »Und so was will Büroleiter sein!« Ich beruhigte mich langsam wieder und suchte in meiner Post den Brief aus Wien, aber er war auch heute nicht dabei, und Jupp hatte dann eine Idee, wir gingen hinauf ins Büro des Chefs, das im Dunkeln lag – die Post lag schon auf dem Tisch –, und wir nahmen ein Schreiben heraus, ein x-beliebiges, und Jupp, der ein Meister im Schriftenfälschen ist, schrieb mit rotem Kugelschreiber hin »Bitte

Rücksprache!« und dazu den Schnörkel, mit dem sich Kotsch unterschrieb.

WIR WARTETEN jetzt schon zwanzig Minuten, saßen auf der Bank vor der breiten Treppe zum Aufgang, mein Schwager und ich, und meine Mutter kam immer noch nicht. Peter blickte dauernd auf die Uhr, ja, verdammt, ich weiß, die Sache beginnt jetzt gleich, aber ohne Mutter können sie ja nicht anfangen, und plötzlich kam mir der Gedanke, sie könnte durch den Seiteneingang hineingekommen sein, vielleicht hat sie uns vergessen, und ich sprang auf und sagte zu Peter, »laufen wir schnell in die Halle, wahrscheinlich ist sie schon dort«, und wir eilten die Treppe hinauf, durchquerten das Eingangsportal; und als wir ein Stück gelaufen waren, den Weg zwischen gestutzten Hecken entlang, da überlegte ich mir, in welcher Richtung die Halle sich befand, denn ich war noch nicht da gewesen, und mir fiel ein, daß Mutter etwas gesagt hatte, in der Nähe des Westeinganges befinde sich die Halle, und bei nächster Gelegenheit bog ich links ab, wir liefen und liefen, kein Mensch begegnete uns, den wir hätten fragen können. Immer noch keine Spur von der Halle, nur Sträucher, hügelige Beete, gestutzte Hecken und manchmal Zypressen. Wir waren jetzt beinahe völlig außer Atem, und auf einmal hörte ich gedämpfte Blasmusik, wir liefen weiter, und jetzt sahen wir auch die westliche Mauer, wir bogen rechts ab, ich ließ Peter nachkommen, und dann sah ich ein Gebäude, das mußte es sein, und das war es auch, und wir sprangen keuchend die paar Stufen hinauf, und tatsächlich, drinnen waren schon alle versammelt, ganz vorne sah ich Mutter, und wir reihten uns am Ende ein, ich drückte Onkel Alois die Hand, und eben jetzt gab der Priester das Zeichen zum Aufbruch, und die Sargträger hoben den Sarg auf.

ES WAR unglaublich rasch dunkel geworden, das heißt, es war noch nicht völlig dunkel, aber man sah bereits schlecht, und in dem Wrack drinnen sah man natürlich noch weniger, und Gerda rief immer wieder »verfluchter Mist!« und Dieter kroch auf dem Chassis herum und suchte nach dem Feuerzeug, und sagte ein paarmal »das hast du woanders verloren«, und Gerda stand da, die Arme in die Hüften gestemmt, und fragte ihn, mit verhaltener Wut in der Stimme, ob er nicht gemerkt hätte, daß sie sich vor einer Viertelstunde eine Zigarette angezündet hätte, hier drinnen, in dem Scheißkarren. Ich gönnte es Dieter ein wenig, daß er jetzt in seinem neuen Anzug da auf dem dreckigen Boden des ausrangierten Vehikels herumkriechen mußte, und Gerda rief: »Also wenn ich das Feuerzeug nicht mehr finde, dann ...«

DER PFARRER hob bedeutungsvoll den Blick, und es wurde jetzt still, kein Gemurmel mehr, und er begann zu sprechen, er sprach von einem Knecht Matthias, der jetzt nicht mehr unter uns weile, und er leierte sein eingelerntes Sprüchlein herunter, mir kam, was er sagte, unsagbar komisch vor, mehrmals mußte ich mich beherrschen, um nicht loszuprusten, alles schien mir unecht, und als er endlich damit fertig war, ging ich als einer der ersten an der Grube vorbei und warf mit der Schaufel ein paar Brocken hinein und stellte mich auf die andere Seite, zu den anderen, und ich hoffte, daß das alles bald vorbei sei.

AN DER ganzen Art, wie sich Jupp am Telefon benahm, an seinem eifrigen »Jawohl«, erkannte ich, daß er mit dem Chef sprach, und ich begann wie üblich, ihm Gesichter und Grimassen zu schneiden, ging dann, als er sich von mir wegdrehte, zu ihm hin, äffte den Chef nach, und es gelang mir dann doch, ihn etwas zu irritieren, und als er den Hörer auflegte, sagte er, wir beide sollten zum Chef kommen, und Fräulein Hofer sollte auch mitkommen. Wir gingen zu ihm hinauf, kamen zuerst durch die Buchhaltung, Jupp ging voraus mit einer Mappe voll Schriftstücken, dahinter ich, und hinter mir Fräulein Hofer, und überall sahen die Kollegen von ihren Schreibtischen auf, auch in der Verkaufsabteilung, und alle sahen uns an, daß wir zum Chef gingen, und ich überlegte mir, woran man es erkannte, an welchem Gesichtsausdruck, an welcher Haltung, an welchem Gang, und als wir ins Vorzimmer des Chefs kamen, warfen uns Fräulein Riemer und Frau Schneider den üblichen Blick zu, als müßten sie es halt hinnehmen, daß wir die geheiligten Räume betreten durften. Als wir die gepolsterte Tür hinter uns geschlossen hatten, deutete Herr Kaltenbrunner ohne aufzublicken mit der Hand auf die Sitzgarnitur, und wir setzten uns. Der Chef blätterte einige Papiere durch, und nach zwei Minuten erst erhob er sich von seinem Schreibtisch und setzte sich uns gegenüber.

WÄHREND ICH mir anhörte, was Onkel Alois mir erzählte – er berichtete davon, wie er seinen Vater verlor, er war damals in Zell am See stationiert und bekam ein Telegramm: »Vater schwer erkrankt, befürchten Schlimmstes«, und so fuhr er am selben Tag mit dem Zug nach Hause, und auf dem Weg vom Bahnhof zum väterlichen Haus traf er Luzie, die Kellnerin vom »Bergsteigerheim«. Die wußte schon, daß sein Vater am selben Vormittag verstorben war, versuchte ihn zu trösten, und während Onkel Alois mir das alles erzählte, wie er versuchte, mich und sich abzulenken, vielleicht auch, mich zu trösten, schaute ich immer zu Otti hinüber, meiner Cousine, ich hatte sie seit langer Zeit nicht mehr gesehen, und ich staunte, wie gut sie sich entwickelt hatte und wie hübsch sie geworden war, und ich glaube, wenn ich ihr irgendwo begegnet wäre, ich hätte sie nicht erkannt und hätte mich glatt in sie verliebt. Immer wieder blickte ich hinüber, sie ging schräg vor uns, neben ihrer Mutter, ich starrte auf ihre schaukelnden Brüste und hörte nicht mehr, was Onkel Alois neben mir redete, ich nickte ab und zu und wischte mir über die Augen, denn erstaunlicherweise waren die immer noch etwas feucht.

AUCH STEFAN kannte hier keinen außer den Gastgebern, und wir liefen von einem Zimmer ins andere, und Stefan zeigte mir die Bilder an den Wänden, und ich ging immer hinter oder neben ihm her, denn die vielen fremden Leute jagten mir beinahe Angst ein. »Da stand im vorigen Jahr ein alter, bemalter Bauernschrank«, zeigte Stefan in eine Ecke, und dann stiegen wir eine Wendeltreppe hinab in eine Art Keller, und als wir unten ankamen, warteten schon einige Leute an der schmalen Treppe, um wieder hinaufzusteigen. Dort unten war gedämpftes Licht, und da war eine Art Bar; es wurden Getränke ausgegeben, und wir holten uns beide ein Glas, und dann kam eine Dame, Mitte Dreißig, in einem Hosenanzug auf Stefan zu und begrüßte ihn, und nun hatte er endlich ein bekanntes Gesicht gefunden, er winkte mir und stellte mich der Dame vor, sie hieß Wittlinger oder Wipplinger, und sie war schon ganz schön in Fahrt, hatte ihren Mann irgendwo im Haus verloren, wie sie bemerkte, und Stefan sagte, »der wird schon wieder auftauchen«, und Anni, so nannte Stefan die Frau, rief dann, wir müßten später auch unbedingt hinaufkommen ins Musikzimmer, nur ein kleiner Kreis Eingeweihter, sagte sie, »wir rollen uns dann alle am Boden, zur Musik von Beethovens Achter«; Doktor Kaunitz, der bekannte Psychologe, hätte das ausgearbeitet, und er überwache die Übung.

ICH MUSSTE mich während der ganzen Zeit mäuschenstill verhalten, ich saß auf der durchgesessenen Couch und verhielt mich also ganz still, und Otti hockte drüben auf dem Boden und beobachtete irgendeinen Zeiger an ihrem Tonbandgerät, manchmal drehte sie auch an dem Radiogerät, um einen noch reineren Ton zu bekommen, und ich war erleichtert, als die Sendung dann zu Ende war, mir brummte schon etwas der Kopf von der lauten Beatmusik, aber Otti hatte noch nicht genug und verzog das Gesicht, als jetzt Nachrichten kamen. Sie spulte das Band zurück, und ich dachte, wenn sie jetzt die Sendung nochmals abspielt, dann gehe ich, aber nun kam Betty herein, sie trug ihren schwangeren Leib vor sich her, setzte sich neben mich auf den Diwan und fragte, wie's meiner Mutter gehe. Ich drehte mich zu Otti hinüber und fragte sie, ob sie nicht die »Kleine Nachtmusik« für mich spielen wolle, deswegen sei ich ja eigentlich gekommen. (Letztes Mal zeigte sie mir alle ihre Tonbänder, und da waren auch ein paar Sachen von Mozart auf einem Band, und sie sagte, wenn mir das gefalle, dann mache sie ein kleines Konzert für mich.) Jetzt hatte sie aber keine Lust, sagte, »das nächste Mal«, und spielte tatsächlich die ganze Sendung nochmals ab. Ich wollte aufstehen und gehen, aber jetzt setzte sich Otti zu uns auf den Diwan, und ich rückte zur Seite, damit sie Platz hätte zwischen Betty und mir, und sie setzte sich tatsächlich neben mich, und mir war es egal, ob sie Mozart spielte oder ihren Beat.

ER NAHM seine Brille ab, rieb sich die Nasenwurzel und fragte, während er die Brille wieder aufsetzte, Fräulein Hofer, ob sie sich schon eingearbeitet habe und ob ihr die Arbeit Freude mache. »Ja, sehr«, sagte Fräulein Hofer, und sie wiederholte »sehr«, und ihre Hände, die den Stenoblock hielten, zitterten ein wenig. Dann weihte uns Herr Kaltenbrunner in ein Geschäftsgeheimnis ein, wir dürften vorläufig nichts davon verlauten lassen, sagte er, die Firma errichte noch in diesem Jahr eine Zweigstelle in Klagenfurt, die Geschäftsräume seien bereits gemietet. Er fragte Jupp, ob er nicht nach Klagenfurt wolle und die Werbung dort aufbauen, »nein, nein!« rief er, als er Jupps ablehnende Miene bemerkte, »sagen Sie jetzt nichts, überlegen Sie es sich gut und geben Sie mir Bescheid bis zum Dienstag«. Es seien genügend Bewerber vorhanden, aber er wolle Jupp eine echte Chance geben und biete es daher ihm zuerst an. Als Jupp dann gegangen war, begann Kaltenbrunner zu diktieren, er diktierte ein Rundschreiben an die Presse, Fräulein Hofers Bleistift flog über das Papier, und ich sah, daß sie nicht mitkam, und ich dachte, wie wird sie mich wieder bewundern, wenn sie dann beim Abtippen zu mir um Hilfe kommt und ich sage ihr das ganze Rundschreiben Wort für Wort vor.

JETZT BEMERKTE auch Gerda, daß es immer noch dunkler wurde, und sie rief »bloß weg hier!« Endlich hörte sie auf uns, und endlich akzeptierte sie, daß Dieter ihr ein neues Feuerzeug kaufte, genau dasselbe, »Dupont«, und er kroch aus dem Wagen, strich sich über seinen zerknitterten Anzug, Gerda hängte sich bei mir ein und sagte, ich solle uns jetzt ganz schnell zum Ausgang bringen; aber ich wußte genausowenig wie sie, welche Richtung wir einschlagen mußten, ich hatte vorhin nur groß angegeben, und ich wünschte, irgendein Arbeiter ließe sich blicken, und sei es ein Türke, der kein Wort Deutsch versteht; aber die Hügellandschaft aus Blech lag gottverlassen da, und langsam wurde es wirklich ziemlich dunkel. Doch dann rief Dieter, er sehe ein Licht, eine Lampe, wir schwenkten nach links ein, Gerda rief, hier wären wir schon vorbeigekommen, diesen Simca hätte sie schon gesehen, und sie nahm ihren Arm von mir weg und rief »schneller, ihr Langschauer«, und sie begann beinahe zu laufen, aber dann verfing sie sich mit ihren Stöckelschuhen an irgendwas am Boden, strauchelte, fiel hin, und wir mußten ihr aufhelfen.

GERADE ALS Otti mir einen Finger in den Bauch bohrte, wie um zu sagen, da an deinem Hemd ist ja ein Knopf offen, etwas oberhalb meines Nabels, gerade als wir drei auf dem Diwan so richtig ausgelassen wurden, kam Max zur Tür herein, und ich dachte, der hat doch Hausverbot, hat er noch einen Schlüssel? Glück für ihn, daß Tante Mia gerade außer Haus war. Onkel Alois, so hatte mir Otti erzählt, hatte gedroht, Max eigenhändig die Treppe runterzuwerfen, wenn er sich hier nochmals sehen ließe. Max hatte nicht nur Betty ein Kind gemacht, er hatte auch die Miete für sein Zimmer seit April nicht mehr bezahlt; er versprach immer, es später zu bezahlen, sein neuer Mercedes hätte so viel gekostet, daß er völlig pleite sei. Was die beiden nur an dem bulligen Taxifahrer finden, dachte ich, kaum daß er im Zimmer war, sprangen beide vom Diwan auf, Betty hängte sich ihm an den Hals, und Otti bewunderte von allen Seiten seine neue Lederjacke. »Gibt's keine Musik bei euch?« rief Max, und das war für Otti das Signal, ihr Tonbandgerät wieder anzustellen. Ich murmelte, ich müsse jetzt sowieso gehen, aber bei der Lautstärke, mit der die Rolling Stones sich da ans Werk machten, hörte mich natürlich niemand. Max und Otti tanzten miteinander, eng umschlungen, Betty setzte sich wieder auf den Diwan und klatschte verzückt in die Hände, und auch ich begann im Takt in die Hände zu klatschen, dann kam mir das blöd vor, und ich ließ es sein, aber auch das kam mir blöd vor, und ich wußte dann überhaupt nicht mehr, was ich tun sollte.

DAS WAR aber auch höchste Zeit, dachte ich, als ich alles herunter hatte. Meine vier Wände waren nun kahl, völlig kahl, die Plakate und Fotos, die sie so lange geschmückt hatten, lagen am Boden, und ich packte alles zusammen zu einem Riesen-Knäuel, der im Papierkorb gar nicht Platz hatte. Ich hörte jetzt die Stimmen stärker und trat an die Wand. Eine Frau schrie einen Mann an, warum er ihr das nicht gleich gesagt habe. Er erwiderte, sie solle sich beruhigen, und dann rief er, er sei ihr keinerlei Rechenschaft schuldig, und sie schrie, alles sei Lüge und Verstellung, sie hätte sich in ihm völlig getäuscht. Ich legte mich auf den Teppich, um einen Reißnagel zu suchen, der mir vorhin entglitten war, und ich hörte von unten her das gleiche Paar noch eine Weile schimpfen, und dann kam Musik, und ich dachte, vielleicht ist das eine Oper oder so was.

WIR STELLTEN uns jetzt zur Wendeltreppe und warteten, bis sie frei wurde, das heißt, bis gerade keiner herunterkam. Eine ganze Weile standen wir da und warteten, denn in einem fort kamen Leute herunter, und die Damen mit ihren engen Röcken konnten nur sehr langsam heruntersteigen. Stefan zeigte mir die großen Löcher in der Ziegelmauer hinter der Treppe. »Da sind normalerweise die Weinflaschen drinnen«, sagte er. »Sehr praktisch«, stimmte ich zu. Beim Hinaufgehen ergab es sich, daß eine junge Dame gerade herunterkam, und mitten auf der Treppe begegneten wir uns. Wir beide machten keine Anstalten umzukehren, wir hatten lange genug gewartet, und auch die schlanke Dame tat nichts dergleichen und sie verzog ihr Mündchen zu einem Lächeln, sagte »es wird schon gehen«, und begann sich an uns vorbeizuzwängen. Bei Stefan kam die junge Dame ganz gut vorbei, aber dann bei mir blieb sie plötzlich stecken. Ich lief wohl etwas rot an und machte mich noch dünner, preßte mich an das Geländer, und ihr Busen in dem tief ausgeschnittenen Kleid war direkt unter meiner Nase, und die Dame quetschte sich jetzt an mir vorbei, das Eisenrohr des Geländers in meinem Rücken bog sich, und dann war sie an mir vorüber, und während ich mir meinen Rock zurechtschob und an die Krawatte griff, blickte sie noch einmal zurück, und ich dachte, das wäre eine Gelegenheit zum Anbandeln gewesen, aber ich mußte mit Stefan ins Musikzimmer.

ALS ONKEL Alois plötzlich in der Tür stand, da wußten wir natürlich alle vier, daß es jetzt Krach geben würde, und zuerst hörte man gar nichts von dem, was er rief, denn die Rolling Stones waren immer noch in Aktion, man sah nur Onkel Alois' ausgestreckten Arm und Zeigefinger, und die wiesen zur Tür, und die beiden tanzten längst nicht mehr, Otti drehte jetzt sogar das Tonbandgerät leiser, zuerst etwas leiser, dann ganz leise, und Max sagte, er hätte noch ein Paar Schuhe hier, irgendwo müßten die noch im Haus stehen, und dann sagte er, und er tat mir jetzt sogar leid, er hätte gerne mit Onkel Alois gesprochen, aber dieser rief, er solle augenblicklich verschwinden, und sein Blick war alles andere als freundlich.

»WENN ICH was Falsches sage, dann machen Sie mich bitte aufmerksam«, rief Herr Kaltenbrunner. Er war zu seinem Schreibtisch getreten und blätterte in dem Ordner mit den Statistiken. Mir schwoll der Kamm. Kaltenbrunner diktierte weiter, und Fräulein Hofer sah kurz zu mir herüber, und in ihrem Blick lag etwas wie Bewunderung, und plötzlich meinte ich etwas zu begreifen, zu begreifen, warum Kaltenbrunner das gesagt hatte, und während der Chef diktierte, wurde mir bewußt, wie verkrampft ich dasaß, und ich versuchte mich zu lockern. Doch als Fräulein Hofer dann den Raum verließ und Kaltenbrunner wieder mit mir sprach, spürte ich, wie sich alles in mir verkrampfte, die Augen brannten, und als ich antworten wollte, war mir die Stimme nach hinten gerutscht. Ich kannte das alles, aber noch nie war es mir so bewußt geworden, und ich begann mich selbst zu hassen, und ich ließ Kaltenbrunner reden, und ich schwor mir, ich werde mich davon befreien.

ES WAR jetzt acht Uhr vorbei, ich dachte, jetzt machst du Schluß, es reicht für heute, und bis auf ein paar Seiten hatte ich den gesamten Umbruch geschafft. Ich räumte den Schreibtisch auf, löschte das Licht und hüpfte die Treppe hinunter. In der Buchhaltung sah ich noch Licht, da arbeitete auch noch jemand, Fräulein Geiger, ich rief im Vorbeigehen »noch so fleißig?«, und sie sah mich an und sagte nichts, sah mich nur etwas sonderbar an, und als ich sie noch einmal ansah, merkte ich, daß sie geweint hatte. »Machen Sie doch auch Schluß«, sagte ich zu ihr, und ich erinnerte mich, wie sie uns vorgestellt wurde, als neue Mitarbeiterin, vor ein paar Wochen, da machte sie so etwas wie einen kleinen Knicks vor mir, als sie mir die Hand gab, und dabei war sie doch kein ganz kleines Mädchen mehr, sondern eine junge Dame, und ich dachte, wahrscheinlich war sie an jenem Morgen sehr nervös. Ja, sie mache jetzt auch Schluß, sagte sie, und ich darauf, wenn es ihr recht sei, könnten wir ein Stück zusammen gehen, wir hätten dieselbe Richtung, und sie nickte, nahm ihre Jacke vom Stuhl und sagte, sie sei gleich soweit. Während sie zur Toilette ging, setzte ich mich in ihren Stuhl und las, was sie getippt hatte, sie hatte mitten im Satz abgebrochen: »… abzüglich Gutschrift Nr. 0761 vom …«

WIR BEGANNEN jetzt zu laufen, kamen aber trotzdem zu spät und mußten daher stehenbleiben und warten. Wir standen da und warteten, und während wir warteten, kamen immer mehr Menschen, die sich uns anschlossen, bald waren wir umgeben von Menschen, die auch alle auf dasselbe warteten wie wir. Aber wir hatten von allen wahrscheinlich die günstigste Ausgangsposition, wir standen ganz vorne. Otti plapperte irgendwas von einem Film, den sie letzte Woche gesehen hatte, einen Film über den Komponisten Tschaikowskij, aber ich hörte kaum zu, ich beobachtete, ohne daß es mir sofort bewußt geworden wäre, den Mann, der zwei Schritte von mir entfernt saß und ebenfalls zum Warten verurteilt war. Sein Gesicht strahlte höchste Konzentration aus; ich erinnerte mich an ein ähnliches Gesicht, aus einem Film, in Großaufnahme, es gehörte einem Soldaten, der von einem Schützengraben aus die gegnerische Front beobachtete. Auch dieser Mann beobachtete etwas, er wartete auf ein Zeichen, ein Signal, das ihn aus seinem unwürdigen Zustand erlöste. Dann kam das Zeichen für ihn, endlich, und seine Kinnlade schob sich vor, seine Hände und Füße bekamen jetzt Arbeit, und er rollte in seinem Blechgehäuse an uns vorbei, und hinter ihm folgten mit demselben Getöse weitere solche Blechgehäuse, aber ich achtete jetzt nicht mehr darauf, denn nun mußte ja bald das Zeichen für uns erscheinen.

ETWAS WEITER vorne sahen wir jetzt ein Licht, und wir hielten darauf zu. Es war, wie sich herausstellte, ein Haus, den Konturen nach zu schließen ein Bauernhaus, eines der wenigen, die es an der Peripherie unserer Stadt noch gibt. Wir stiegen über Kotbleche und Karosserien, einer hielt den anderen fest an der Hand, und dann standen wir plötzlich vor einem grobmaschigen Drahtgitter, etwa zweieinhalb Meter hoch. Da müssen wir hinüber, sagten wir uns, denn jenseits des Zaunes war die Straße, und Dieter erkannte jetzt sogar den Bauernhof. Das sei die Gutenbrunnstraße, sagte er, und das da drüben der Matschibauer. Und so bereiteten wir uns darauf vor, den Drahtzaun emporzuklettern. Zuerst hangelte sich Dieter hoch, ich sollte dann für Gerda die Räuberleiter machen, ihr hinaufhelfen, und Dieter wollte ihr auf der anderen Seite helfen hinunterzukommen. Aber anscheinend war es schon für Dieter gar nicht so leicht, da hinaufzukommen, er verfluchte die breiten Kappen seiner Schuhe, mit denen er nicht in die Karos des Drahtgeflechtes hineinkam, er kam wohl nur ein klein wenig hinein, und wenn er dann sein Gewicht auf das Bein verlagerte, dann rutschte er raus und hing, mit beiden Händen sich anklammernd, wie ein Gekreuzigter am Gitter. »Jetzt sieht man überhaupt nichts mehr!« sagte ich zu Gerda, und Dieter schrie: »Verdammter Stacheldraht!« und Gerda rief: »Was! auch noch Stacheldraht!« und sie rief: »Ohne mich, da klettere ich nicht hoch«, und ich rief zu Dieter hinauf, er solle wieder herunterkommen, für Gerda wäre es unmöglich, mit ihrem Kleid über den Stacheldraht zu kommen, aber wir hörten jetzt einen Plumps, Dieter hatte sich wohl von ganz oben einfach fallen lassen, und tatsächlich, er kam jetzt ans Gitter; sagte etwas von seinem Anzug, der an der Hose aufgerissen sei, er stand am Drahtgeflecht, die Finger ins Gitter gekrallt, die Haare hingen ihm ins Gesicht, und ich sagte zu Gerda, »schau, ein Schimpanse«, aber sie war jetzt nicht zum Scherzen aufgelegt.

ZUERST SPRACHEN wir nicht viel, gingen bloß so nebeneinander her, auf der Straße fuhren nur wenige Autos, ich spürte, wie sich die Anspannung des Tages langsam von mir ablöste. Als wir zum »Dixie« kamen, lud ich Fräulein Geiger auf ein Glas Rotwein ein, sie stimmte zu, wir setzten uns in eine stille Ecke, und als sie ihren Mantel ausgezogen hatte, merkte ich erst, daß sie festlich gekleidet war. Nach dem ersten Schluck erzählte sie, daß sie eigentlich im Konzert sein solle, mit ihrem Freund, aber der Chef habe von ihr verlangt, sie solle ihm noch heute abend eine Aufstellung der offenen Rechnungen von der »Interwerbung« anfertigen, er müsse noch heute nach München; und dann hätte er, wie sie von Fräulein Riemer erfuhr, um sieben das Büro verlassen und sei nicht mehr gekommen. Ich fragte, ob sie ihm nicht gesagt habe, daß sie eine Konzertkarte habe, daß sie verabredet sei, sie sagte ja, das habe sie angedeutet, aber er habe gesagt, es sei äußerst wichtig, und sie sei erst kurze Zeit in der Firma, und da habe sie zugesagt, obwohl sie ihren Freund nicht mehr verständigen konnte, und das wäre alles nicht so schlimm, aber was sie so ärgere, sei, daß die Aufstellung anscheinend gar nicht so wichtig gewesen sei, da er ja dann ohne sie nach München gefahren war. Ihr Freund werde jetzt ein paar Tage spinnen, der glaube ihr ja nie, daß sie im Büro gesessen sei, sagte sie, der habe keine Ahnung, wie es in so einem Betrieb zugeht, und ich erfuhr, daß ihr Freund Bildhauer sei, schon ein reifer Mann, wie sie sagte. Ich spürte jetzt den Wein, und Fräulein Geiger spürte auch den Wein, ich erkannte sie nicht wieder, wir sprachen wie alte Freunde; ob ich die Ausstellung im Frühjahr gesehen hätte, im Museumspavillon, fragte sie, und ich gestand ihr, von Bildhauerei nichts zu verstehen, und der Name Eugen Pratsch sei mir leider nicht bekannt, aber das hätte nichts zu bedeuten, und sie sagte, sie verstehe auch nichts von Bildhauerei, und sie bringe Eugen oft zur Verzweiflung durch ihr Desinteresse. Aber er sei halt ein Mann, der ihr was bieten könne, sie nehme mancherlei in Kauf, vor allem wolle sie aus dem Büro raus, die Tätigkeit im Büro mache sie krank, und es sei in allen Büros dasselbe.

»SCHAUEN WIR schnell, ob Max da ist«, rief Otti, als wir den Hanuschplatz überquerten. Ich hoffte, er werde nicht da sein, aber Otti erblickte dann seinen Mercedes; er selbst saß im Wagen eines Kollegen, die beiden spielten auf dem Rücksitz Karten. Max stieg aus, als er Otti sah, die an die Scheibe geklopft hatte, zog sich die Hose hoch und sagte, er wäre jetzt sowieso nach Hause gefahren, er lade uns ein auf ein Eis beim »Schweiger«. »Fein!« rief Otti und hatte völlig vergessen, daß wir ins Kino gehen wollten, und meine Stimmung sank auf den Nullpunkt, ich mußte aber wohl mitfahren und versuchte, mir nichts anmerken zu lassen. Max wendete und fuhr hinauf zur Staatsbrücke. Der Verkehr stockte. »Wie ist der Herr Papa heute gelaunt?« fragte Max, und Otti sagte, sie habe ihn heute noch nicht gesehen, aber in letzter Zeit sei er immer unansprechbar. Er könne sich nicht damit abfinden, daß in seiner Familie so was passiert sei. Wir standen jetzt schon eine ganze Weile in der Schlange der wartenden Wagen. »Jaja, die alten Herren«, meinte Max und wandte den Kopf etwas, denn er meinte mich, »die alten Herren haben völlig vergessen, wie es war, als ihr Blut noch hitzig war, was?« Jetzt ging es endlich weiter, aber gerade, als wir den Fußgänger-Streifen erreichten, wurde es wieder rot. Max war ein wenig zu weit vorgefahren, und einige Fußgänger sandten herausfordernde Blicke in den Wagen und deuteten mit der Hand, er solle etwas zurückfahren.

»AN IHNEN ist ein Komödiant verlorengegangen!« rief Frau Moisl, die, wenn sie lachte, wie ein junges Mädchen aussah. »Aber wieso denn verlorengegangen?« rief Schorsch und: »Doch nicht verlorengegangen!« rief Jupp, und beide lachten jetzt wiehernd, und ich lachte ebenfalls, denn wie Schorsch eben vorhin den neuen Büroleiter imitiert hatte, das war wirklich zum Umfallen komisch. Kotsch beim Durchlesen der Post, beim Unterschreiben der Post, Kotsch beim morgendlichen Zeitunglesen, beim Telefonieren. Und dabei mußte er jeden Augenblick hereinkommen. Der Chef war schon eingetroffen, er saß ganz oben an der Tafel, neben ihm eine der Sekretärinnen; wir hatten uns ans Ende der Tafel plaziert, damit wir ungestört unsere Späße treiben konnten. Jetzt kam auch Kotsch, und ich sagte »seht euch den an, mit seinem weißen Pulloverhemd«, und sowie er sah, daß bei uns gelacht wurde, steuerte er auf uns zu, er grüßte den Chef mit einer Handbewegung und setzte sich neben mich, sagte »na, bei euch geht's ja schon lustig zu«, worauf Jupp und Schorsch aufs neue loswieherten. Ein paar Damen trafen jetzt ein, Fräulein Geiger, Frau Schneider und die Benisch, alle geschminkt und aufgeputzt, und sie stellten sich hin und beratschlagten, wo sie sich hinsetzen sollten, und der Chef rief »ihr seht ja heute wieder zum Anbeißen aus!« und er rief »meine Herren, verteilt euch ein bißchen zwischen die Damen«, und jetzt kamen mehrere Kollegen, sie gingen vor und gaben dem Chef die Hand, und Herr Kotsch ging auch vor, da er bei uns keine Beachtung gefunden hatte, und ich rückte einen Stuhl weiter und saß jetzt neben Fräulein Geiger.

DAS LEUCHTZIFFERBLATT meiner Uhr zeigte auf halb neun. »Mich friert!« sagte Gerda, und ich setzte hinzu, mich friere ebenfalls. Es war finster und uns fror, aber wir hatten wieder Mut geschöpft. Dort drüben sei der Bauernhof, da entlang ginge die Straße, sagte ich zu Gerda, wenn wir diese Richtung einhalten, müssen wir zur Revierstraße und damit zum Ausgang kommen. Ich hatte eine Eisenstange in die Hand genommen und tappte damit vor mich hin, um den Weg zu erkunden. Manchmal stieß ich an Blech, dann rief ich: »Vorsicht da.« – »Mir ist kalt«, rief Gerda schon wieder, und schmiegte sich noch enger an mich, so daß ich kaum richtig gehen konnte. »Soll ich dich massieren?« fragte ich und blieb stehen und rieb ihr die Arme, den Rücken und die Beine, sie klapperte mit den Zähnen, sagte aber dann, jetzt sei es etwas besser, und ich wunderte mich, wie kalt es mich ließ, daß ich sie so ausgiebig berühren durfte.

ALS ICH oben ankam, war Stefan nirgends zu sehen. Wahrscheinlich machte er sich gerade in der Toilette frisch, dachte ich und dachte, gute Idee, und fragte mich zur Toilette durch. Als ich die Treppe zum oberen Stockwerk erklommen hatte, sah ich Stefan gerade in einem Zimmer verschwinden. Ich öffnete vorsichtig die Tür des Zimmers. Drinnen war verdunkelt, ein Projektor summte und warf Bilder auf eine Leinwand. Ein paar Leute ruckten zur Seite, und so fand ich noch Platz auf einem Sofa. Stefan saß auf der anderen Seite und neben ihm diese Frau Wittlinger, die vorhin ihren Mann gesucht hatte. Der Herr, der den Projektor bediente, war der Hausherr, und die Bilder, die er da zeigte, waren Aufnahmen von Masken, ich glaube, von afrikanischen Masken, wie mir schien, von holzgeschnitzten Figuren. Ich lauschte den Erklärungen des Hausherrn, wurde aber immer wieder abgelenkt durch meine Sitznachbarn, die sich flüsternd unterhielten. Zuerst erzählte der Bursche dem Mädchen von seinem neuen Wagen und wie günstig der alte in Zahlung genommen worden war; das interessierte mich nicht, und ich hörte bald nicht mehr hin. Aber dann begann das Mädchen von einem Araber im Obus zu erzählen, und während der Herr Professor eine grell bemalte Maske zeigte, die einem schon Furcht einjagen konnte, erzählte das Mädchen neben mir flüsternd, im Obus hätte sie heute einen Ausländer gesehen, wahrscheinlich einen Araber, er hätte kein Wort

Deutsch gesprochen oder verstanden und sei in den verkehrten Obus gestiegen. Sie sei ganz vorne beim Fahrer gestanden und habe gesehen, wie der Araber diesem nach ein paar Stationen einen Zettel zeigte. Der Fahrer habe aber bloß den Kopf geschüttelt. Ein Fahrgast, der neben dem Mann stand, habe zu ihm gesagt, er sei im falschen Obus, er müsse in den Bus Richtung Liefering einsteigen. Der Araber habe kein Wort verstanden und der Fahrgast sei gleich darauf ausgestiegen. Nach einer Weile habe sich der Araber wieder an den Fahrer gewandt, der habe jetzt gerufen »da sind Sie falsch, wir fahren nach Obergnigl!« Der Mann habe wiederum nichts verstanden, und niemand hätte sich mehr um ihn gekümmert. Er habe sich an die Schlaufe geklammert und nach Obergnigl fahren lassen, im Vertrauen, daß er schon irgendwie ans Ziel käme. Jetzt wechselte das Bild, es kam eine andere Maske.

»WER HAT denn jetzt mein Zimmer?« fragte Max, während er sich eine neue Zigarette anzündete. Wir standen nämlich schon wieder, die Verkehrsstockung löste sich nicht auf, es ging nichts weiter. »Andreas«, sagte Otti, »ein Musikstudent«. Mutter hätte einen Narren an ihm gefressen, sie koche ihm sogar das Abendessen. »Ja, die Mutti«, sagte Max, »die hat mich nie leiden mögen, ich bin wohl nicht ihr Typ.« Aber der Papa, sagte Otti, habe ihn gut leiden mögen, zumindest am Anfang. »Ja«, sagte Max, »aber wie dann deine Mutter ein paar Haarspangen von Betty unter meinem Bett gefunden hat, da war's aus. Das hat sie ihm wohl sofort erzählt, und er kam dann nie mehr an meinen Standplatz, er ging nicht mehr mit mir auf ein Bier, der Alois, und wie es dann nicht mehr zu verheimlichen war, das mit der Betty, da hätte er mich wohl am liebsten erwürgt, obwohl ich ihm gesagt hab', ich bring' das alles in Ordnung.« Jetzt setzte sich die Kolonne etwas in Bewegung, aber nach zehn Metern standen wir wieder. Mit Befriedigung vermerkte ich, daß auch Otti jetzt die Lust verlor, mit Max zum »Schweiger« hinauszufahren, wir saßen schon eine halbe Stunde im Wagen und waren erst am Makartplatz, und tatsächlich sagte sie nach einer Weile, sie wolle lieber ein anderes Mal zum »Schweiger« fahren, es sei schon spät, und man komme ja nicht vom Fleck, »also gut«, sagte Max, »dort vorne lasse ich euch raus«, und er fragte, ob der Papa keine Angst habe, daß der

Student sich in seine andere Tochter verliebe, und Otti erwiderte, der habe nur seine Musik im Kopf, für den sei sie Luft, außerdem gefalle er ihr überhaupt nicht, er sei nicht ihr Typ, und er hätte zwar eine Unmenge Platten, aber alles ernste Musik.

ES WAR mir klar, daß ich jetzt so schnell nicht wegkam, das heißt, ich hätte mich entschuldigen können, ich müsse nach Haus, hätte eine Verabredung oder einen Kurs in der Volkshochschule, dann hätte er erstaunt auf die Uhr geschaut und gesagt: »Oh, es ist schon nach sechs, entschuldigen Sie.« Manchmal war ich gegangen, zuweilen blieb ich, teils aus einer gewissen Trägheit heraus, teils, um ihn für mich einzunehmen, teils, weil er hie und da wirklich unterhaltsame und merkwürdige Dinge erzählte, so daß es sich lohnte, zu bleiben. Jupp spöttelt zwar über diese Eigenart des Chefs, er sagt, ab siebzehn Uhr ist der erledigt, kann sich auf nichts mehr konzentrieren, dann fängt er an zu schwafeln, und wer dann gerade bei ihm ist, ist für den jeweiligen Tag das Opfer; da hat er vielleicht recht, aber er hat es noch nie gewagt abzuhauen. Jetzt saß ich also hier und lauschte, wie er von den Anfängen der Firma redete, er war einer der ersten, sagte er, die öffentliche Verkehrsmittel als Werbeträger benutzten, so zum Beispiel hätte er schon in den dreißiger Jahren die Seitenflächen der Wiener Trambahnen für die Werbung einer bekannten Schuhcreme verwendet. Und auf der Wand hinter seinem Schreibtisch war eine riesige Fotografie aufgezogen, die zeigte, wie er mir einmal erklärte, den Graben in Wien, und auf den Dachfirsten der alten Häuser mit den gräßlichen Stuckornamenten waren Schilder angebracht mit dem Namen »Odol«; allein auf dieser Fotografie war das Markenzeichen »Odol« viermal zu sehen. Vor fünf Uhr war ich zu ihm hereingerufen worden und hatte einige Sachen dabei, die ich gerne mit ihm besprochen hätte, aber er sagte »das machen wir morgen.« Er fragte mich, wie sich die beiden neuen Annoncen-Acquisiteure machten, doch als ich ihm meine Eindrücke schilderte, hörte er schon gar nicht mehr zu, fiel mir ins Wort und begann zu erzählen, mit welchen Tricks die Leute früher gearbeitet hätten, um einen Auftrag zu erhalten. Als ich ihm so gegenübersaß und zuhörte, kam mir zum ersten Mal der Gedanke zu kündigen. Seit dem einschneidenden Ereignis zu Hause verspürte ich einen großen Freiheitsdrang. Wie würde Herr Kaltenbrunner reagieren? Während er erzählte, daß er täglich Platon lese, malte ich mir aus, was ich anfangen könnte, wenn ich hier wegginge.

ICH GEWÖHNE mich immer mehr an meine nackten Wände, an mein leeres Zimmer. Abends liege ich jetzt oft auf meinem Bett und starre gegen die Decke. Der weiße japanische Lampion stört mich nicht. Mutter macht sich Sorgen. Ich gehe so weit, daß ich auch Bücher nicht herumliegen lasse oder sonstige Dinge, alles räume ich weg, wenn ich es nicht gerade benütze. Mein Bett, der Tisch, der Schaukelstuhl. Manchmal erscheint mir das sehr komisch, dann lache ich, oder spreche ein wenig mit mir selbst, aber schnell beruhige ich mich wieder, und unsagbar wohltuend ist für die Augen die Leere überall. Nichts, was verlangt, angeschaut zu werden, nichts, was sich aufdrängt. Eines Tages werde ich vielleicht wieder etwas an die Wand hängen, denke ich, aber nur ein einziges Bild, eine japanische Tuschzeichnung, eine Kalligraphie, wie ich sie vor kurzem bei Welz sah. Das war ein ganz und gar unaufdringliches Bild, mein Auge schloß sofort Freundschaft mit ihm. Am liebsten habe ich es, wenn ich so daliege und an die Decke starre. Das scheint mir momentan viel aufregender als ein Film.

MIR WAR bereits speiübel von der schlechten Luft, von den Abgasen; die vorderen Fenster im Wagen waren herabgekurbelt; wir bewegten uns ja seit einer halben Stunde oder länger kaum vom Fleck, und der ganze Makartplatz war in eine einzige Abgaswolke gehüllt. »Dort vorne kann ich euch hinauslassen«, verkündete Max wieder, und kaum daß er aufs Gas stieg, mußte er schon wieder auf die Bremse, und auch Otti wurde jetzt unmutig, sie wollte raus, und Max sagte, hier ginge es nicht, hier sei Halteverbot, was ich absurd fand, und Max tätschelte Otti an ihren Oberschenkeln und lächelte sie an, zeigte seine schlechten Zähne, und Otti lächelte zurück, als hätte er ihr eine Ehre erwiesen, und bei mir passierte irgendwas tief drinnen, Otti mit ihrem großen Busen und den strahlenden Augen war mir plötzlich wurscht, ich dachte, häng dich ruhig an Max, blöde Schnepfe, mir soll's recht sein, macht, was ihr wollt, und als wir endlich aussteigen konnten, verabschiedete ich mich rasch von ihr, murmelte, ich müsse auf einen Sprung in meine Firma, hätte was vergessen, und ließ sie stehen.

DER CHEF erhob sich jetzt, und es wurde langsam still an der Tafel. Er begrüßte alle Teilnehmer am Betriebsausflug, entschuldigte sich, daß er nicht mit uns im Bus anreisen konnte, ein wichtiger Termin, der noch wahrgenommen werden mußte, und so sei er uns mit seinem Wagen nachgereist. Er hoffe, wir seien alle gut untergebracht. Nach dem Abendessen sei geplant, daß wir alle, das heißt, wer wolle, ein Tanzlokal aufsuchen, der morgige Vormittag stünde zur freien Verfügung, und nach dem Essen, pünktlich um 14 Uhr, starte der Bus zur Heimfahrt. Wir sollten es uns jetzt gut schmecken lassen. Hierauf erhob sich Kotsch, redete davon, daß er der Firmenleitung im Namen der gesamten Belegschaft für diesen schönen Betriebsausflug herzlichst danke usw. Schorsch drüben lachte respektlos, als hätte Kotsch einen Witz erzählt, und Fräulein Geiger flüsterte mir zu, »schauen Sie, wie dem die Haare zu Berge stehen«, und tatsächlich, ein ganzes Haarbüschel stand ihm am Hinterkopf neckisch weg, und Schorsch löffelte bereits die Suppe, obwohl die Sekretärin am Kopfende des Tisches böse herblickte, und Kotsch setzte sich jetzt endlich, der Chef wünschte nochmals guten Appetit, und alle griffen zu den Löffeln.

ALS DAS Licht anging, war Stefan nicht mehr auf seinem Platz, er hatte sich mit jener Blonden aus dem Staub gemacht. Vielleicht aber sucht Stefan mich, dachte ich, er wußte ja nicht, daß ich mich hier im Raum aufhielt, und ich lief die Treppe hinunter in die Halle, wo die Leute immer noch in Gruppen beisammenstanden und Gläser in den Händen hielten. Ich schnappte mir auch so ein Glas, als ein Mädchen mit einem Tablett vorüberkam. Dann fiel mir ein, daß die Blonde sich oben in einem Zimmer mit anderen Gästen am Boden wälzen wollte, zur Musik von Beethoven, und ich fragte das Mädchen mit der weißen Schürze, ob sie wisse, wo das Musikzimmer sei. Aber es blickte mich nur verständnislos an, als verstünde es nicht Deutsch. Ich ging dann, als ich ausgetrunken hatte und das Getränk schon leicht im Kopf spürte, die Treppe hinauf, ging von einer Tür zur anderen und horchte, ob ich irgendwo Musik vernähme.

»ICH HAB' vom Chef gehört, du gehst doch nach Klagenfurt«, sagte ich zu Jupp und hoffte, ihn dadurch ein wenig auf die Palme zu bringen, es war halb sechs, und ich hatte keine Lust mehr zu arbeiten, aber da schepperte das Telefon, ich hob ab, es war Meisel von British-Leyland, ein schöner Auftrag, und ich bat Meisel, er möge mir den Text gleich am Fernschreiber durchgeben, und kaum hatte ich den Hörer aufgelegt, wurde der Fernschreiber lebendig, ratterte los, und ich ging gemächlich rüber und sagte zu Jupp, der an der Rechenmaschine addierte, »ist doch eine einmalige Chance, bist Büroleiter«, und ich ahmte den Chef nach, »also überlegen Sie es sich, Kürnberger, bis zum Dienstag muß ich Bescheid wissen, ich hab' mehrere Bewerbungen vorliegen, aber Sie sind die Nummer eins«, und Jupp warf, ohne aufzublicken, ein Bündel abgelegter Rechnungen nach mir, sie zerfledderten am Boden, sagte »bevor ich nach Klagenfurt gehe, kündige ich lieber, Klagenfurt, das ist hinterste Provinz, außerdem habe ich meine Wohnung hier«, ich erwiderte »aber Klagenfurt ist doch nicht schlecht, Klagenfurt ist ein guter Boden für Werbung«, und ich riß mein Fernschreiben runter und ging zu Jupp, setzte mich auf seinen Schreibtisch. Fräulein Hofer kam und fragte mich nach einer Adresse, und ich gab sie ihr, und dann schaute Schorsch herein; eine Zigarette in der Hand, er zog sich die Hose hoch, und ich sagte »was sagst du zu Jupp, jetzt hat er sich überreden lassen und geht nach Klagenfurt.« Schorsch lachte dröhnend, als wäre das ein besonders gelungener Spaß, und dann klingelte mein Telefon schon wieder, ich deutete Fräulein Hofer, sie möge für mich abheben, und Jupp sagte »er ist ja nur sauer, weil es *ihm* nicht angeboten wurde«, und damit meinte er mich, und jetzt lachte ich, sah aber, daß ich doch zum Telefon mußte, und während ich dastand und hörte und Notizen machte, sah ich, wie Jupp und Schorsch die Köpfe zusammentaten und grinsten, zu mir herüberschauten und anscheinend etwas aushecken gegen mich.

»ES REGNET ja!« rief ich, und Gerda hob wohl ihren Kopf und prüfte nach, was ich sagte. Es klang etwas kleinlaut, als sie jetzt fragte »was machen wir jetzt?« und sie war gar nicht mehr jene herrische Person, die andere so gern herumkommandiert, und weil sie sich so hilflos gab, weckte sie wieder Gefühle in mir, die bewirkten, daß ich sie enger an mich drückte und sagte »wir schaffen es schon, wir finden uns schon durch zum Ausgang«, und sie murmelte, »wir können doch hier nicht übernachten«, und ich lachte und sie sagte, »es regnet immer stärker«, und tatsächlich begann es jetzt zu gießen, und der Regen prasselte ringsherum auf die Berge aufgetürmten Blechs, und es prasselte, als säßen ringsherum zehntausend Neger, die alle auf kleine Blechtrommeln trommelten, und ich rief »das hört jetzt so schnell nicht auf«, und als wir die Umrisse einer Karosserie rechts vor uns sahen, öffnete ich die vordere Tür, es waren da sogar noch Türen, und wir schlüpften hinein, aber drinnen war auch bereits alles naß, der Wagen hatte ein Schiebedach, und dieses Schiebedach bekam ich nicht zu, und so waren wir gezwungen, auszusteigen und hinten einzusteigen. Und hinten waren die Sitze tatsächlich trocken, das heißt, sie blieben nicht lange trocken, denn unsere Kleider waren naß, und bald war es überall naß, wo wir hinfaßten, und es war kalt und nützte jetzt auch nichts, daß wir uns aneinanderdrängten, aber wir drängten uns trotzdem aneinander.

»IST IHNEN nicht gut?« fragt mich die Neue aus der Buchhaltung, ihren Mund dicht an meinem Ohr, (ich weiß nicht einmal ihren Namen). »Warum reden Sie nichts?« fragt sie, und ich denke, blöde Kuh, sei doch froh, daß ich mit dir tanze, und während wir uns drehen in dem Gedränge, sehe ich, daß sich alle Paare unterhalten, und da die italienische Kapelle so dröhnend laut spielt mit ihren Verstärkern, haben die Tänzer ihren Mund beim Ohr der Partnerin und brüllen ihnen ins Ohr, und auch die Damen müssen brüllen, damit die Herren sie verstehen, und ich brülle der jungen Buchhaltungskraft ins Ohr »ich rede beim Tanzen nie!«, und sie schreit »das macht ja nichts!« und nun beginnt sie zu reden, anscheinend ist es ihr unangenehm, daß wir als einziges Paar nicht miteinander reden, und ich denke, wenn der Tanz aus ist, dann entschuldige ich mich; wenn sie beim Tanzen Unterhaltung braucht, dann soll sie mit einem anderen tanzen. Das Angenehme an ihr waren ihre biegsamen, gepolsterten Hüften, und es war, ohne Übertreibung, ein schönes Gefühl, sie mit den Händen da zu halten und zu führen. Während sie auf mich einredete, ohne Punkt und Komma, sah ich, wie Schorsch mit Frau Schneider tanzte, er versuchte andauernd, sie an sich zu pressen, sie hielt aber auf Abstand und spreizte sich, und Jupp tanzte mit der Röck, die mit Hingabe an ihm hing, und der Chef tanzte mit der langen Ernsthammer, wie ein Junger hüpfte er vor und zurück, auf und ab und schien sich königlich zu amüsieren, und die Ernsthammer überragte ihn um gut zehn Zentimeter.

»HERREN«, STAND da auf dem Karton, der an der Tür befestigt war, und nichts hinderte mich also, da einzutreten und mir die Hände zu waschen, und ich öffnete die Tür, machte Licht und stellte mich zum Waschbecken. Der Abfluß schien nicht zu funktionieren, das schmutzige Wasser stand bis zum Rand des Waschbeckens herauf, und ich wagte nicht, den Wasserhahn aufzudrehen. Jetzt kam noch jemand herein, und wie ich hinsah, erkannte ich den Vizebürgermeister, und ich sagte »da ist der Abfluß verstopft«, und er sagte »verstopft, was!« und langte mit der Hand in das schmutzige Wasser, fühlte am Abflußloch, stocherte da herum. Ich wollte eigentlich gehen, konnte aber nicht an ihm vorbei, es war zu eng in der Toilette, ich stand da und sah ihm zu, und dann zog er seine Hand heraus, sagte »da ist das Abflußrohr verstopft«, und seine Hand war jetzt verdreckt, Seifenschaum und Haare klebten daran, und er suchte nach einem Handtuch, um sich abzuwischen, aber da war keines, und er sagte, ich solle so gut sein und ein Handtuch auftreiben, er machte sich dünn, ließ mich vorbei, und dann stand ich im Gang und überlegte, wo ich am schnellsten ein Handtuch herbekäme, und wie ich so überlegte, kam die junge Dame, mit der ich das Abenteuer auf der Wendeltreppe hatte, vis-à-vis aus einem Zimmer, und als sie mich da stehen sah, fragte sie, ob ich Bridge spiele, sie suchten einen Bridge-Partner. Ich sagte, ich verstünde nichts vom Bridge, aber ich brauchte dringend ein

Handtuch, ob sie wüßte, wo ich schnell ein Handtuch herbekommen könnte, aber sie sagte, sie kenne sich hier im Haus auch nicht aus.

ICH NAHM mir also auch so eine Liege von der Terrasse, klappte sie auf und gesellte mich zu Betty, die ein zitronengelbes, dünnes Kleidchen trug, und wie sie so dalag, zwei Polster unter ihrem Kopf, da bauschte sich ihr Kleid in der Nabelgegend ganz schön auf. Sie wandte sich mir zu und sagte etwas, und ich rief »wie?«, denn ich verstand nichts, weil Onkel Alois mit dem Motorrasenmäher vor uns auf und ab lief, und das Ding machte einen ungeheuren Lärm, und als ich ganz nahe zu Betty rückte, verstand ich endlich, was sie meinte, und als ich sie fragte, warum er so schlecht gelaunt sei, sagte sie, wegen Otti, die um drei Uhr gesagt hätte, sie ginge ins Kino, und zufällig hätte Vater beim Fenster hinuntergeschaut und gesehen, daß ein paar Blocks weiter Max mit seinem Mercedes stand und daß Otti zu ihm in den Wagen stieg. Jetzt sei es sechs, und sie sei immer noch nicht da. Ich beobachtete Onkel Alois, der wie ein Berserker mit dem Rasenmäher auf und ab lief, und ich sagte mir, kann dir doch wurscht sein, die soll doch machen, was sie will, und sagte zu Betty »schau, ich hab dir was zum Lesen mitgebracht«, und legte ihr drei Taschenbücher hin, und sie freute sich und dankte und wollte etwas sagen, aber jetzt näherte sich Onkel Alois wieder mit seinem Rasenmäher, dichte Schwaden von Abgaswolken standen über dem Garten, und wir hielten uns die Ohren zu.

»BLEIBT SCHÖN brav, ihr beiden«, ruft Jupp und lacht sein blödes Lachen, und dann geht auch er nach Hause, und ich bin allein mit Fräulein Hofer, und ich diktiere weiter, gehe mit meinem Konzept auf und ab und diktiere ihr direkt in die Maschine, damit wir schneller fertig werden, und wie ich so auf und ab gehe, schießt mir plötzlich in den Sinn, daß ich mich genauso bewege wie der Chef, ja, daß ich unbewußt sogar die Diktion des Chefs nachahme, und ich stocke mitten im Satz, bleibe stehen, und ich komme mir unsäglich erbärmlich vor, ich stehe da und denke, wie ein Pfau stolzierst du da auf und ab, um bei der Hofer Eindruck zu schinden, und Fräulein Hofer blickt zu mir her, ungeduldig, sie will heim, klar, vielleicht wartet ihr Freund drunten, obwohl sie sagte, sie habe nichts vor heute abend, und ich frage sie, »was für eine Auflage nannte ich vorhin?« sie dreht die Walze an der Maschine zurück, liest und sagt: »Vierzigtausend«. »Gut«, sage ich und rechne jetzt mein Angebot noch einmal durch, bin aber sehr unkonzentriert dabei, und während ich rechne, fällt mir ein, daß ich vorhin sogar zum Fenster ging und während des Diktierens hinausschaute, genauso, wie ich es im Zimmer des Chefs schon hundertmal beobachtet hatte, und wie ich jetzt fortfahre zu diktieren, klingt meine Stimme spröde und die Sätze kommen zögernd, und zwischendurch sage ich »gleich sind wir fertig«, und blicke ihr über die Schulter und denke, von der Seite sieht ihr Gesicht etwas derb, bäuerisch aus, von vorne wirkt es sehr zart, und dann sage ich »mit freundlichen Grüßen, bla bla bla« und räume meinen Schreibtisch auf.

WIR WAREN jetzt nur noch sehr wenige, genau gesagt: Schorsch, Kotsch, Fräulein Geiger, die junge Buchhalterin, Herr Eder und der Chef, und auch sonst war es im Lokal ziemlich leer geworden. Auf der Tanzfläche befand sich ein einziges Paar, ein Glatzkopf in einem eleganten schwarzen Anzug und eine füllige Blondine, und sie bewegten sich gar nicht, sie standen mitten auf der Tanzfläche und schmusten, und da ich die Blonde vorhin aus der Nähe gesehen hatte, dachte ich, der schleckt ihr jetzt die Schminke aus dem Gesicht. Ich spürte den vielen Whisky, wir hatten alle zuviel getrunken, wir saßen an einem kleinen Tisch am Rande der Tanzfläche, und der Chef erzählte von seinen Kriegserlebnissen. Die junge Buchhalterin hat sich an ihn rangeschmissen, seit die Sekretärin wegen Kopfschmerzen ins Hotel zurückgegangen war, und obwohl die Kleine kaum die Augen offenhalten konnte, wollte sie dabeisein bis zum Schluß. Die Kapelle spielte jetzt einen Tango, und Herr Kotsch bat Fräulein Geiger zum Tanz. Sie verdrehte die Augen zu mir rüber, erhob sich aber und ging mit Kotsch auf die Tanzfläche. Herr Eder verabschiedete sich jetzt auch, wünschte gute Nacht, und im Weggehen fragte er noch »na, Fräulein Wieser, wie wär's?« (jetzt weiß ich ihren Namen), und da riß es sie, sie war beinahe eingenickt an der Schulter des Chefs, und sie gähnte und erhob sich und ging mit dem Abteilungsleiter. Der Chef verlor jetzt den Faden. Irgendwo am Dnjepr war er steckengeblieben.

Jetzt fragte er, ob wir Lust auf ein paar Würstchen oder eine Gulaschsuppe hätten, und wir nahmen dankend an. Schorsch schnackelte der Kellnerin, drüben tanzte Kotsch mit Fräulein Geiger, alte Schule, dachte ich, und bekam plötzlich Lust, mit ihr den letzten Tanz zu tanzen.

AUF DER Treppe, die zur Halle hinunterführt, saßen Gäste, und ich mußte mich da vorsichtig hinunterschlängeln, mußte aufpassen, um niemand auf die Kleider zu treten, und einige sahen mich an, als wollten sie sagen, was muß der jetzt da runter, und dann sah ich sogar Stefan sitzen, auf der untersten Stufe saß er, und als ich an ihm vorbeischlüpfte, sagte ich »wo warst du die ganze Zeit?« und er rückte zur Seite, machte mir Platz, und die Blonde rückte auch zur Seite, und ich sagte »ich brauche rasch ein Handtuch, wo ist die Dame des Hauses?«, und da sah ich sie auch schon, sie stand neben dem Mann, der am Klavier saß, und ich erinnerte mich an das Programm: die Dame des Hauses wird jetzt einige Lieder singen, die Professor Götz komponiert hat, der Professor begleitet selbst, und ich sah zu, daß ich die Hausfrau noch erreichte, ehe sie zu singen begann, drängte mich zu ihr hin, drängte mich durch, und sie sah mich jetzt, rief »ach, wie nett« und bat mich, ich solle mich links neben den Professor stellen, und der Professor sagte, er würde jedesmal mit dem Kopf nicken, wenn es Zeit zum Umblättern sei, und ich murmelte zwar etwas von Handtüchern, aber die Frau hörte es nicht, stützte sich mit einem Arm vom Klavier ab, die Gäste, die da in der Halle standen, bildeten jetzt einen Halbkreis, und der Professor begann auf die Tasten loszuhämmern. Ich machte mir dauernd an meiner Nase zu schaffen, die Musik, die der Professor erzeugte, gefiel mir nicht besonders. Dann spielte er etwas sanfter, und die Dame des Hauses begann mit ihrer dunklen Stimme zu singen, zuerst etwas verträumt, dann plötzlich schnellte die Stimme in die Höhe, und sie begann zu klagen, und ich achtete darauf, wann der Professor nickte, jetzt nickte er, und ich blätterte um und schaute zu Stefan hinüber und sah den Vizebürgermeister die Treppe herunterkommen, ganz langsam suchte er sich seinen Weg herab, genauso wie ich.

ONKEL ALOIS hatte endlich aufgehört zu mähen, er häufte jetzt mit einem Rechen das gemähte Gras zu kleinen Hügeln, und ich sagte zu Betty »ich weiß ein Spiel«, und ich erklärte ihr das Ich-weiß-was-Spiel und forderte sie dann auf, sich was zu merken oder vorzustellen, und als sie sagte, ja, sie wisse etwas, versuchte ich, an die Sache ranzukommen und fragte sie »ist es ein Lebewesen? Also ein Ding?«, und ich versuchte, die ungefähre Größe herauszubekommen und wo es sich befand, und innerhalb von drei Minuten hatte ich es: der Strohhut vom Papa. Und jetzt merkte ich mir etwas, und ich machte ihr die Sache nicht leicht, und merkte mir, weil ich mich in Gedanken schon die längste Zeit mit Otti beschäftigte, merkte mir Otti, und Betty begann, wie zuvor ich, zu fragen, und als sie die Person, die ich mir gemerkt hatte, zu lokalisieren versuchte, mußte ich immer sagen »ich weiß es nicht«, und ich wußte es ja auch wirklich nicht, und ich sagte zu Betty »versuch es andersrum«, und sie wußte jetzt nicht, wie sie fragen sollte, fragte: »Kenn' ich diese Person?« und ich bejahte, und dann kam sie auf die Idee, nach dem Alter der Person zu fragen, und wieder konnte ich keine Antwort geben, ich dachte, sie kann siebzehn sein, oder auch neunzehn, und während Betty ein paar Mädchen aufzählte aus ihrem Bekanntenkreis, kam Otti in den Garten heraus, und ich dachte, jetzt funkt es wohl, aber Betty stand auf der Leitung, und ich hörte, wie Onkel Alois fragte »wo warst du!« Sie sagte »im Kino«, und er fragte »mit wem?« und sie sagte »mit Max«. Er schrie »so, du weißt genau, daß ich das nicht leiden kann, und das Kino ist um sechs aus und jetzt ist es sieben, also wo warst du von sechs bis sieben?« und Otti antwortete, »bei Max im Wagen, an seinem Standplatz«, und da ihr Vater sie jetzt in Ruhe ließ, kauerte sie sich zu uns auf den Rasen, und ich fragte Otti, wie alt sie sei, und sie sagte »neunzehn« und jetzt hatte Betty endlich kapiert und sie rief »gemein!«, und ich sah jetzt auf Ottis Walkjanker allerlei Gras und feines Gezweig und Tannennadeln.

DIE AUTOMOBILWERKSTATT konnte ich also abhaken, und ich hakte sie ab, und als nächstes kam, wie ich sah, das IFA-Kaufhaus, und ich wählte die Nummer. Eine weibliche Stimme meldete sich, und nachdem ich die Geschäftsleitung verlangt hatte, den Herrn, der für die Werbung zuständig sei, sagte die Stimme »danke«, und ich wurde weiterverbunden. Wieso danke, überlegte ich mir, was ist das wieder für ein neuer Schmäh, normalerweise heißt es »Augenblick bitte«, oder »ich verbinde«, aber »danke«, das ist was ganz Neues. Jetzt meldete sich eine andere, entschiedenere weibliche Stimme, und ich wiederholte mein Sprüchlein. Herr Dr. Steinitz, sagte die Stimme, sei nicht im Haus, aber sie verbinde mich mit dem Büro Dr. Steinitz, und dann meldete sich eine kalte, schneidende Stimme (wehmütig erinnerte ich mich an das freundliche »Danke«), ich meinte, mir die Sprecherin vorstellen zu können, und wiederholte mein Sprüchlein. Diesmal mußte ich damit herausrücken, was ich eigentlich wollte, und ich erzählte ihr, was ich schon auswendig konnte, daß unsere Firma dieses Jahr den Festspiel-Almanach herausgibt, einige Seiten wären noch frei für Werbeeinschaltungen, das IFA wäre in den letzten Jahren nicht darin vertreten gewesen, wir hätten eine Seite reserviert, ob sie grundsätzlich interessiert wären, wenn ja, bitte um einen Termin, damit ich die Unterlagen vorlegen kann. Sie sagte, Dr. Steinitz hätte gerade ein Ferngespräch, ich sagte, ich warte, sie sagt, es wird länger dauern, ich darauf, dann rufe ich später nochmals an. Jetzt fiel ihr anscheinend ein, daß der Almanach doch wichtig sein könnte, sie bat mich um meine Nummer, sie rufe zurück, sobald Herr Dr. Steinitz frei sei.

FRÄULEIN GEIGER tanzte mit einem gesetzten, bärtigen Herrn, irgendeinem Herrn aus dem Lokal. Doch dann sah ich, wie vertraut sich die beiden waren, und mir fiel ein, dies war der Bildhauer, ihr Freund. Da ich wußte, daß dies der letzte Tanz war, drängte ich mich durch die tanzenden Paare und suchte Fräulein Geiger. Plötzlich spürte ich, wie mir die Strümpfe runterrutschten, ich dachte, Kniestrümpfe bei dieser Hitze hier, wenn das jemand bemerkt, bückte mich und zog mir die Strümpfe unauffällig hoch. Als ich mich aufrichtete – die Musik drohte jeden Augenblick aufzuhören –, sah ich Fräulein Geiger wieder, sie tanzte mit dem Chef, ich erinnerte mich aber, daß sie mir den letzten Tanz versprochen hatte, ich übernahm sie aus den Armen Herrn Kaltenbrunners, und sie schmiegte sich an mich, wir bewegten uns nur ganz wenig, ich hatte ihr duftendes Haar an meiner Wange, und plötzlich sah ich, daß wir das einzige Paar auf der Tanzfläche waren, und die Musiker blickten zu uns herüber, und tatsächlich schien dies der letzte Tanz zu sein, denn sie hörten, einer nach dem anderen, zu spielen auf, wir tanzten aber immer noch, und irgendwie spielte die Musik noch weiter, und als sie dann verstummte, hielt ich Fräulein Geiger an der Taille, sie bog sich zurück, sehr weit zurück, ich bog mich zu ihr hinab, mein Körper wurde biegsam wie eine Gerte, und ich suchte ihren Mund.

DRAUSSEN VOR dem Haus hupte einer, jetzt hörte es auch die Dame des Hauses und setzte mitten im Lied ab, und der Professor nahm seine Hände von den Tasten und lauschte. Der da hupte, der nahm seine Hand überhaupt nicht mehr von der Hupe weg. Sie heulte und heulte und heulte, und Leute liefen jetzt zur Eingangstür, und auch ich lief die Treppe hinunter auf den kiesbestreuten Hof, einer rief, »wem gehört der grüne Opel?«, und ich dachte, Stefans Opel ist gelb. Keiner meldete sich, und einer der Herren im dunklen Anzug ging rings um den Wagen, aber der war abgeschlossen und die Fenster waren alle zu, ein anderer sagte jetzt »ein Kurzschluß«, ein anderer sagte, »Quatsch, wie soll da auf einmal ein Kurzschluß sein!«, ein dritter sagte, bei seinem Wagen sei das auch schon einmal passiert, auf dem Parkplatz vor dem Landestheater, aber das interessierte jetzt niemanden, alle waren schon etwas erregt durch das nicht enden wollende Gehupe, besonders die Damen gackerten durcheinander wie die Hühner, eine rief unentwegt, »stellt das ab«, aber wie sollte man es abstellen, und jetzt hörte man auch drinnen rufen, wem der grüne Opel 116 578 gehöre, und die Hupe tönte immer noch, es war tatsächlich nervenzermürbend, einer schrie jetzt, »schlagt das Fenster ein!«, aber ein anderer rief »wartet doch, der Besitzer muß ja jeden Moment kommen«, und wir standen um den grünen Opel herum, einige hielten leere Gläser in der Hand, vor der Haustür rief einer, der Wagen gehöre anscheinend niemandem. »Jetzt reicht's aber!« schrie ein dünnes, bebrilltes Männchen, aber dann kam ein Mann im Smoking gelaufen, das heißt, die Jacke zog er sich im Laufen über, ja, das war er, der Besitzer, und jetzt schloß er schon den Wagen auf, schlug mit der Hand auf die Taste an der Lenkradspeiche, aber die Hupe tönte immer noch, und jetzt waren wir alle am Rande des Irrsinns, und der Besitzer kroch in den Wagen und zerrte da drinnen an den Kabeln herum, er riß Kabel aus der Vertiefung unter dem Armaturenbrett, er geriet in Hitze, immer mehr Kabel riß er heraus, einige warf er aus dem Wagen heraus, die Hupe schrie immer noch markdurchdringend und der Besitzer zerrte an dem Kabelwerk und fingerte und riß da herum.

MIT EINEM Riesensprung rettete ich mich davor, von einem Lastkraftwagen zermalmt zu werden, und stand jetzt vor dem neuerbauten Wohnblock, Eingang F. Ich suchte an der Tafel mit den unzähligen Namensschildern und Druckknöpfen den Namen Loidl, fand ihn dann endlich auch, drückte den Knopf. Ein schnarrendes Geräusch kam aus dem vergitterten Loch an der Tafel, und ich begriff, daß ich jetzt da hineinsprechen mußte, meinen Namen nennen mußte. Ich dachte, selbst wenn du hier zu Hause wärst und hinein wolltest, gerade keinen Haustorschlüssel bei dir hättest, müßtest du dich da am Mikrophon melden, denn die oben wissen nicht, wer unten an der Tür steht. Ich sprach meinen Namen in das Mikrophon und wartete auf das Summen, das die Tür öffnete. Die schnarrende Stimme fragte zum dritten Mal »wer ist da?!«, und ich dachte, durch den unerhörten Lärm auf der Straße, die unmittelbar am Haus vorbeiführt, wird mein Sprechen oben nicht verstanden, ich verstand ja selbst meine eigenen Worte nicht, der Verkehr brandete mit einer Lautstärke vorbei, daß ich selbst jetzt, als ich zu schreien begann, meinen Namen in das Loch hineinschrie, nicht verstanden wurde, und ich rief noch ein paarmal meinen Namen, aber die Tür blieb zu, und dann hatte Loidl den Apparat wohl ausgeschaltet, denn das schnarrende Geräusch war nicht mehr zu hören. Obwohl es mir unangenehm war, drückte ich noch einmal den Klingelknopf, und als das schnarrende Geräusch wieder da war, drückte ich meinen Mund ans Loch und schrie mit aller Kraft meinen Namen, und dachte, eigentlich müßte er ja wissen, daß ich es bin, wir hatten uns doch für ein Uhr verabredet, und jetzt surrte endlich das Türschloß, und die Tür ließ sich aufdrücken, und als ich dann drinnen war und vor dem Lift stand, wußte ich nicht, in welchem der sechs Stockwerke Loidl seine Wohnung hatte, ich hatte vergessen, das zu fragen, und ich dachte, rausgehen an den Apparat und fragen, das kommt nicht in Betracht, lieber Stockwerk für Stockwerk absuchen, und ich fing gleich im Parterre damit an.

KOTSCH HALF mir lachend aus dem Taxi. Ich murmelte, »ich habe ganz wunderbar geträumt«, sagte es mehr zu mir selbst, und ich sagte zu Kotsch »ich bin nicht betrunken«. Der Morgen graute, wir standen vor dem Eingang unseres Hotels. Aus einem zweiten Taxi stiegen Fräulein Geiger und der Chef. Schorsch sagte, er habe bereits zweimal die Nachtglocke betätigt, aber es komme niemand. »Dann suchen wir uns ein Lokal, das noch offen hat, und feiern weiter«, meinte Kotsch, der sehr munter wirkte und nicht wiederzuerkennen war. Aber jetzt wurde es hell hinter der Glastür, der Nachtportier in Hose und Leibchen und zerzausten Haaren öffnete. Ich war sehr müde. Der Chef fragte den Portier, ob er ein paar Flaschen Bier beschaffen könne, er steckte ihm einen Schein zu, und der Portier holte fünf Flaschen Bier und wir setzten uns in die Sitzgarnitur in der Halle und tranken Bier, und ich trank nur einen kleinen Schluck und sagte dann »Gute Nacht« und ging zum Lift. Als ich mein Zimmer erreichte, lag da vor der Tür zusammengekauert Gert, der Buchhaltungslehrling. Ich weckte ihn und fragte, was los sei, und er sagte, er könne nicht in sein Zimmer, denn da sei Herr Geisler mit Fräulein Benisch, und ich sagte »das ist eine Sauerei!«, und er fragte, ob er bei mir auf dem Fußboden schlafen könne, und ich sagte, natürlich könne er das, aber zuerst wollen wir dem Geisler die Tour ein wenig vermasseln, und wir gingen vor zum Zimmer 29, und ich klopfte an die Tür und rief »aufmachen, Fremdenpolizei«, und ich war jetzt nicht mehr müde, und Gert verdrückte sich hinter einer Säule, und ich klopfte weiter an die Tür, nicht zu laut, aber auch nicht leise, und Geisler rief jetzt drinnen »laßt doch eure blöden Späße!«, er hatte meine Stimme erkannt, und er öffnete jetzt, nur mit einem Slip bekleidet, und ich sagte, »der Gert will in sein Bett« und ging einfach in das Zimmer hinein, und da war kein Fräulein Benisch, aber das Doppelbett war zerwühlt, und Gert wagte sich immer noch nicht hervor. »Dem Kerl gehört eine gehörige Tracht Prügel«, rief Geisler, »da am Gang herumzuspionieren«, und er fingerte an seinem Slip, murmelte »Scheiß Weiber!« und schloß die Tür.

MAN WURDE da ganz schön herumgeschubst von den Leuten, und man schubste selbst die Leute ein wenig herum, wenn man sich nicht nur ziellos treiben ließ, sondern wohin mußte. Und so drängte und zwängte ich mich durch die Menschenmassen, schubste ein bißchen und erreichte endlich die fahrbare Treppe zur ersten Etage, und schubste und drängte weiter und ließ mich hinaufziehen, bis ich die vierte Etage erreicht hatte. Ich mußte dann durch eine Tür, an der stand »Direktion-Kreditbüro-Personalbüro«. In einem riesigen Saal saßen fünfzehn oder mehr Mädchen an ihren Schreibmaschinen und tippten. Ich mußte da durch, das heißt, ich hätte außen herum gehen müssen, so sagte mir eine Frau dann am Ende des Saales, aber das wußte ich nicht, also ging ich zwischen den Schreibmaschinentischen durch, die Mädchen blickten von ihren Maschinen auf, blickten mir nach, und ich erreichte dann das Ende des Saales, und eine hagere Aufseherin, die aus einem gläsernen Büro herauskam, sagte mir, ich hätte außen herum gehen müssen, und sie begleitete mich durch den Saal, und die Mädchen sahen jetzt nicht mehr auf von ihren Schreibmaschinen, und die Frau zeigte mir den Weg zum Empfang. Der Empfangsraum war sehr groß und verschwenderisch eingerichtet, und es war eine Stille da, die beunruhigte. Ich setzte mich in ein Lederfauteuil und konstatierte, daß mich der lange Weg hierher ermüdet hatte. Hinter mir öffnete sich eine Schiebetür, ich drehte mich um, es war eine Art Lieferantenlift, und ein Mann schob zwei große Koffer mit den Beinen vor sich her und sank dann erschöpft neben mir in ein Fauteuil. »Heiß hier«, sagte er und wischte sich mit einem Taschentuch den Schweiß vom Gesicht. »Ja, schwül«, nickte ich, und ich legte jetzt den Almanach aus der Hand, legte ihn aufs Tischchen, er war schweißnaß von meinen Händen.

»da geh' ich nicht hinein«, sagte Gert, »in das Bett leg' ich mich nicht.« – »Von mir aus kannst du bei mir im Zimmer schlafen, auf dem Teppich«, sagte ich, »aber dann komm, ich bin hundemüde, ich fall' ins Bett.« Und wir gingen zurück zu meinem Zimmer, das am Ende des Ganges lag, und irgendwo dazwischen, als wir so gingen, öffnete sich eine Zimmertür und Frau Schneider wollte heraus; als sie uns sah, verschwand sie wieder im Zimmer, und Gert sagte, »das ist das Zimmer von Herrn Braun und Herrn Hellwig, und die sind beide da drinnen, das heißt, alle drei, aber der Braun ist ziemlich besoffen«, und dann waren wir endlich bei meinem Zimmer, und ich schloß auf, warf die Kleider von mir und fiel ins Bett, und Gert legte sich in den Kleidern auf den Teppich, nur die Schuhe zog er aus, und als er das Licht löschte, drehte sich plötzlich das Zimmer, mir wurde schwindlig, in meinem Kopf zuckten Blitze, und ich verfluchte den vielen Whisky. Gert merkte, daß ich nicht einschlafen konnte, und er erzählte mir, wie er seit Mitternacht in dem Fauteuil auf dem Gang saß, ganz im Dunkeln hinter der Säule, und beobachtet hatte, wie die Kollegen nach Hause kamen und wer zu wem aufs Zimmer ging. »Zuerst«, sagte er, »kam Fräulein Riemer, die hatte Kopfschmerzen und ging allein in ihr Zimmer. Dann kamen Braun, Hellwig und die Schneider, und dann Geisler und die Benisch, und dann die Röck mit dem Loftitzer.« Ich sagte, »du, das erzähl einem anderen«, aber er beschwor, daß die beiden auf sein Zimmer gegangen waren, und ich sagte, »o Gott, was für ein fruchtbares Hotel, und morgen beim Frühstück kennt keiner den anderen, wie beim letzten Mal«, und dann klopfte es an der Tür, und das war Schorsch, der herein wollte, und ich schrie »was ist los, wir schlafen«, und er hämmerte noch stärker und wollte herein, und Gert öffnete die Tür, und Schorsch wollte auch in meinem kleinen Zimmer schlafen, er könne nicht in sein Zimmer. Jupp, das Schwein, sei da drinnen mit der Wieser. Er hätte der Wieser beim Tanzen seinen Zimmerschlüssel gegeben und gesagt, sie solle schon vorausgehen, und Jupp hatte sich bereit erklärt, bei Herrn Eder auf dem Zusatzbett zu schlafen, und irgendwie sei das schiefgelaufen, Jupp sei vor ihm dagewesen und habe sich die Wieser geschnappt, und ich rief jetzt »Licht aus«, denn ich konnte es nicht ertragen, und Schorsch fluchte noch eine Weile, und er rollte sich auch irgendwie da auf dem Teppich zusammen und dann war endlich Ruhe.

ICH WAR jetzt im zweiten Stockwerk, und da es ziemlich duster war in dem Treppenhaus, wollte ich Licht machen. Neben jeder Tür waren zwei phosphoreszierende Druckknöpfe, und ich wußte, daß einer davon für das Licht war. Und wie ich mich runterbeugte zu zweien dieser Knöpfe, sah ich auch, daß in diese Knöpfe Zeichen eingeritzt waren, Symbole, aber es war so dunkel hier, daß ich diese Symbole nicht entziffern konnte, ich wagte nicht, einen der beiden Knöpfe zu drücken, aus Angst, ich könnte die Türklingel erwischen. Bei uns zu Hause waren ebenfalls zwei Knöpfe neben der Tür, und der rechte Knopf war für das Licht, aber bei diesen Neubauten, so dachte ich, weiß man ja nicht, ob sie es nicht genau umgekehrt machen. Das Auge hatte sich jetzt etwas an die Dunkelheit gewöhnt, und ich sagte mir, man kann die Namen an den Türschildern auch so entziffern, ich beugte mich zum nächsten Türschild hinab, und so arbeitete ich mich weiter den ganzen langen Gang hindurch, dann die andere Seite, die Türen vis-à-vis, aber der Name Loidl war nicht dabei, und ich stieg das nächste Stockwerk hinauf.

EIN JUNGER Mann in meinem Alter kam jetzt zur Tür heraus, und wie er da so herauskam und die Tür hinter sich schloß, eine Mappe mit Schriftstücken in der Hand, da erinnerte er mich an mich selbst, er machte ein Gesicht, als hätte er eben eine wichtige Prüfung bestanden, und jetzt kam die Sekretärin nochmals heraus und sagte, es dauere nicht mehr lange, Herr Dr. Steinitz führe nur noch ein Telefonat, und mir fiel ein, was ich kürzlich in der Zeitschrift »Trend« las: Chefs, die einen warten ließen, seien ungefährlich; gerate man aber an einen Chef, der einen sofort hereinbitte, dann sei Vorsicht geboten, solch ein Verhandlungspartner sei gefährlich, und ich überlegte mir, ob ich das hier anwenden könne, immerhin wartete ich schon mehr als 10 Minuten über die vereinbarte Zeit, aber dann ging endlich die Tür auf, und die Sekretärin ließ mich ein, ich knöpfte mir den Rock zu und trat ein, durchquerte das Vorzimmer, und die Sekretärin schloß hinter mir die dick gepolsterte Tür des Chefzimmers. Dr. Steinitz telefonierte noch immer, aber er drehte sich auf seinem Drehstuhl ein wenig zu mir und deutete auf den Stuhl vor dem Schreibtisch. Der spielt dasselbe Theater wie Kaltenbrunner, dachte ich, mimt den Vollbeschäftigten, wenn Besuch kommt, kein gefährlicher Mann, den Auftrag hast du in der Tasche. Jetzt beendete er endlich seine Anweisungen an irgendeine Mitarbeiterin namens Karin, legte den Hörer auf und wandte sich zu mir. »Womit kann ich Ihnen dienen?« fragte er, als wüßte er nicht, zu welchem Zweck ich hier war, und als ich begann, ihm die Sache zu erklären, unterbrach er mich und sagte, er wisse Bescheid. Er langte zu mir herüber, schnappte sich den vorjährigen Almanach und sagte, »welche Seite haben Sie für uns vorgesehen?« – Ich sagte, wir hätten eine halbe Seite für ihn reserviert und zeigte ihm die Stelle, aber er unterbrach mich wieder und sagte, wenn er da hineingehe, dann nur aus Prestigegründen, von der Werbung verspreche er sich überhaupt nichts, denn das Publikum, das diesen Almanach um 85 Schilling kaufe, kaufe nicht bei der IFA ein, und wie er so auf mich einredete, wurde mir bewußt, daß ich dasaß, als sitze ich vor Kaltenbrunner, als sei er mein Chef, und als ich meine Argumente vorbrachte, merkte ich, daß meine Stimme ganz dünn wurde, als sitze Kaltenbrunner vor mir, und ich wurde wütend, der Auftrag war mir egal, und ich sagte kalt, »aber wir sind mit dem Umbruch schon sehr weit, Sie müßten sich jetzt sofort entscheiden«, und Erstaunen breitete sich jetzt in seinem Gesicht aus und er sagte, »einverstanden«.

ICH HATTE es wohl klingeln gehört, rührte mich aber nicht vom Diwan, las weiter, während Mutter zur Tür ging, öffnete und mit dem Besucher in die Küche ging, und ich las weiter, bis sich nach einigen Minuten Schritte meinem Zimmer näherten. Mutter öffnete, schaute herein und sagte »ja, er ist da«. Es war Betty, die jetzt fragte, ob sie einen Moment hereinkommen dürfe, und ich nickte und setzte mich auf, und sie setzte sich ans Fußende und fragte, ob ich nichts zu lesen hätte für sie, und dann sah sie sich um und fragte, was ich gemacht hätte, das Zimmer sei ja völlig kahl, wie eine Zelle. Mir gefalle das so, sagte ich, ich könne keine Bilder mehr an den Wänden ertragen, nichts, was mich ablenke, und sie sagte, ja, das könne sie verstehen – was ich bezweifelte. »Was liest du da«, fragte sie, langte nach dem »Siddhartha«, ich hatte das aber nicht gerne, nahm das Bändchen rasch in die Hand, blätterte darin und wollte es ihr nicht geben, dann entschloß ich mich aber anders und reichte es ihr hin. Sie blätterte darin, las den Klappentext, und das Bändchen lag auf ihrem gewaltigen Leib. Der Anblick rührte mich plötzlich, und ich dachte, sie ist ja viel reizender als die ewig lachende Otti, im Grund ist die doch eine dumme Pute, Burschenfutter für Kerle wie Max, und ich stand auf und suchte nach den »Dämonen«, daran würde sie wohl eine Zeitlang zu lesen haben.

DER SPRECHER meldete, die Jury habe noch nicht entschieden, ob das Motocross stattfinde, der Regen halte noch immer unvermindert an, und wir waren natürlich enttäuscht über diese Meldung, wir warteten schon seit knapp einer Stunde, und jetzt brachten sie wieder Werbung. Hannes und Bruno unterbrachen ihren Tarock, gingen auf den sonnigen Balkon und zündeten sich Zigaretten an, ich blieb bei Helga auf dem Sofa sitzen, sie häkelte, und ich saß da mit angezogenen Beinen und wäre am liebsten wieder nach Hause gegangen, aber ich dachte, vielleicht bessert sich das Wetter, und ich sagte zu Helga, nur um etwas zu sagen, »vielleicht hört der Regen doch auf«, und sie sagte, ohne von ihrer Häkelarbeit aufzublicken, »ich glaub' nicht mehr dran«, und dann kam eine Werbung für eine Kaffeesorte, und ich stand auf und ging auf den Balkon und setzte mich auf einen der Klappstühle. »Wie sieht es aus?« fragte Bruno, und ich antwortete, es sei noch nichts entschieden, und ich sah hinunter auf die Eberhard-Fugger-Straße, die da unten vorbeiführte und wo ein Auto nach dem anderen vorbeiflitzte, eine Blechschlange in die eine Richtung, eine in die andere Richtung. Der Motorenlärm hallte herauf, und ich fragte Bruno, der im Parterre wohnt, wie sie diesen Lärm ertrügen, und er sagte, man gewöhne sich an alles. »Aber der Dreck, der Staub, der sich überall festsetzt«, sagte ich und strich mit dem Finger über den Sims, schwarzer Ruß klebte am Finger, und ich zeigte es

Hannes, und der sagte, was soll man machen, es sei überall dasselbe, die Wohnungen würden heute alle an Hauptverkehrsstraßen errichtet, und Helga rief jetzt: »Abgesagt«, und ich blickte hinüber auf die gegenüberliegenden Blocks, Menschen standen auf den Balkons, es war sommerliches Wetter, und die Leute räkelten sich dort drüben, als wären sie an der frischen Luft.

»WARUM SIND die alle so still?« fragte Fräulein Geiger, und ich, der ich neben ihr saß, sagte, »keine Ahnung, wahrscheinlich sind sie blau«, aber das war es wohl nicht, gerade wenn wir blau waren, war die Hetz' immer am größten. Schorsch, in der letzten Reihe, versuchte zwar ab und zu seine Späßchen, aber keiner beachtete ihn, alle saßen sie steif auf ihren Sitzen, Sonnenbrille im Gesicht, obwohl die Sonne gar nicht schien. Jeder saß für sich allein, soweit Platz vorhanden war. Die Damen unter sich, die Herren unter sich. Vorhin hatte der Fahrer das Radio ausgemacht, jetzt merkte man, wie still es im Bus war. Wir fuhren einen Paß hinauf, mit sehr vielen Kurven, und bei jeder Rechtskurve lehnte ich mich an Fräulein Geiger, sagte »Verzeihung, schon wieder so eine scharfe Kurve«, und sie ließ sich's gefallen, und dann, bei den Linkskurven, revanchierte sie sich, ließ sich zu mir herübertreiben, lehnte sich auf mich und ich sagte, »diese Kurven«, und dann kam wieder eine Rechtskurve, und wir hatten immer mehr Spaß an den Kurven und lachten und schäkerten, und allmählich wurden die anderen aufmerksam, und sie sahen zu uns her, wie Erwachsene ihren Kindern beim Spielen zusehen, und Fräulein Geiger flüsterte mir zu, »die können es nicht erwarten, daß sie morgen früh wieder an ihren Schreibtischen sitzen«, und dann kamen keine scharfen Kurven mehr, aber ich hatte meinen rechten Arm um ihre Schulter gelegt und ließ ihn auch da, und der Bus fuhr und fuhr und keiner redete was. Schorsch, der sicher schon wieder eine Weinflasche geöffnet hatte und da hinten an der Flasche nuckelte, ließ ab und zu sein wieherndes Lachen hören.

JETZT LACHTEN sie den Mann aus, und der nahm mit der einen Hand den Hut ab und wischte sich mit der anderen über die Stirn mit seinem Taschentuch und wiederholte, wir sollten die »Edda« lesen, darin liege unser aller Heil. Alle Dogmen führten uns in die Irre, und einer der Studenten rief, »das entbehrt doch jeglicher Grundlage, was Sie da verzapfen!«, und ein paar lachten, aber alle blieben sie stehen, eine ganze Menge Burschen und auch einige Mädchen standen um den Mann herum, der sich da am Alten Markt mit einem kleinen Koffer niedergelassen hatte, er war umringt von Leuten, und auch ich war stehengeblieben und hörte mir seine Worte an, und jetzt holte er noch ein anderes Buch aus seinem Koffer, das »Nibelungenlied«, und fragte, ob wir es alle gelesen hätten, und dann erzählte er, daß er aus Feldkirch komme, dort sein Geschäft vor einigen Monaten verkauft habe und jetzt ausgezogen sei, um die Mitmenschen auf den rechten Weg zu führen. Wir brauchten nicht nach Rom oder nach Moskau zu blicken, wir sollten gegen Norden schauen, von dort komme die Gesundung. »Kirche, Religionen, Politik, alles Dogmen, die den Menschen knechten«, rief er, und einer der Studenten warf ein, die bewußte Lösung von allen Dogmen, das sei ja auch schon wieder ein Dogma, und einer rief »rechte Scheiße«, und daraufhin rief ein anderer »linke Scheiße«, und jetzt ging ein Geschrei los, und der sonderbare Alte, der jetzt wieder rief, »lest die Edda, lest die Edda!«, wurde kaum noch gehört und beachtet.

ICH SAGTE, »ich gehe jetzt«, aber Hannes meinte, »bleib doch noch, schau'n wir uns doch den schwedischen Film an, der fängt gleich an«, und da sagte ich, »gut, schau'n wir uns den Film an«, und ich ging wieder hinein ins Wohnzimmer, denn die Luft draußen war nicht zu atmen, ich setzte mich zu Helga aufs Sofa, der Bildschirm strahlte immer noch Werbung aus, ein Arzt im weißen Kittel hielt eine Schachtel mit Aktiv-Kapseln in der Hand, und er empfahl diese Kapseln und erklärte, warum die so empfehlenswert seien, und dann küßte eine Frau ihren Mann, der die Kapseln genommen hatte, auf die Wange, und darauf zeigten sie ein Pärchen irgendwo am Strand, und beide rauchten eine bestimmte Zigarettenmarke, ein zweites Pärchen kam hinzu und ließ sich von den anderen Zigaretten anbieten, und dann rauchten alle vier und ihre Gesichter strahlten, und sie genossen das Leben und liefen dann hinein in die schäumende Gischt, und Helga sagte: »Manchmal bringen sie ganz gute Sachen in der Werbung«, und ich sagte, um irgendwas zu sagen: »Ja, manchmal bringen sie ganz gute Sachen.«

DANN KRACHTE es vor uns ein wenig, man kann auch sagen, es krachte gewaltig, je nachdem, wahrscheinlich hörte ich den Krach nicht so, denn ich wurde nach vorn geschleudert und schlug mir die Knie an der Kante des Armaturenbrettes an, und Gerda flog mit dem Schädel an die Windschutzscheibe, aber nicht sehr fest, denn gleich darauf rief sie »verdammt!« und wollte zur Tür hinaus, kam aber nicht raus, das heißt, ihre Tür ließ sich nicht öffnen, und so machte ich auf meiner Seite auf, und wir rutschten da hinaus, und hinten ging ein Hupkonzert los, es regnete ein wenig, und wir sahen: wir waren auf einen Ford aufgefahren. Der Besitzer, ein grauhaariger Herr im grünen Lodenmantel, war auch bereits ausgestiegen, und Gerda stand neben ihrem Wagen, ein wenig ratlos, der Herr sagte, die Straße sei glatt wie Schmierseife, und dann versuchte er, die Stoßstange seines Wagens von der Stoßstange unseres Wagens zu lösen, er zog und hob und ruckte an der Stoßstange, aber erst als ich mithalf, konnten wir die beiden Stoßstangen endlich voneinander lösen, und er zog dann seine Brieftasche heraus und reichte Gerda seine Karte, und Gerda schrieb etwas auf eine Seite ihres Taschenkalenders und riß die Seite dann heraus und reichte sie dem Herrn, und dieser verlangte seine Karte zurück und schrieb auf die Rückseite etwas, und mittlerweile regnete es stärker und ein paar Wagen hinten versuchten auszuscheren und zu überholen, aber gleich war wieder Rot und sie konnten jetzt auch nicht mehr zurück, standen mitten auf der Straße, und jetzt hupten die entgegenkommenden, einbiegenden Wagen. Gerda stieg endlich ein, und dann konnte auch ich einsteigen, und ich sagte zu ihr »du hast ja eine Beule an der Stirn«.

»VORSICHT!« RIEF ich, denn mir war eine Tasse hinuntergefallen, und ich konnte all die Teller und Tassen, die ich mit meinen Händen umfaßte und mir an den Leib hielt, kaum noch halten, wenn Karl so wild fuhr, wenn er so zackig die Kurven nahm, daß ich auf dem Rücksitz hin und her geworfen wurde. Aber Karl steigerte das Tempo noch, denn die hinter uns in dem roten Renault setzten schon wieder zum Überholen an, und Fred, der vorne neben Karl saß und sich die Badehose über den Kopf gestülpt hatte, schrie immer wieder, »nicht überholen lassen! nicht überholen lassen!«, und ich schrie, »mir fällt gleich das ganze Zeug runter, ich kanns nicht mehr halten, mir ist es wurscht!« Aber denen da vorne war es auch wurscht, und dann fiel auch tatsächlich noch eine Tasse runter und zerschellte an der anderen Tasse, die schon da unten lag, und der Renault, ich wußte nicht einmal, wer da alles drinnen saß, hupte jetzt wie verrückt und wollte überholen, auf der Geraden war er eindeutig schneller, Karl ließ ihn nicht vorbei, aber dann mußte er rechts ranfahren, denn ein schwarzer Mercedes mit deutscher Nummer blinkte schon die ganze Zeit, und jetzt überholte er den Renault, der auch rechts ran mußte, und uns, und der Fahrer tippte mit dem Finger an die Stirn, und Karl sagte »jaja, ist ja gut!«, und dabei übersah er, daß der Renault im Windschatten des Mercedes fuhr, und jetzt überholte uns der Renault, und der Fahrer hupte wie verrückt, und beim Fenster sah ein

Mädchen heraus mit wehenden langen Haaren, und rückwärts sah ich Thomas sitzen, und ich dachte, dann ist das der Wagen vom Toni Hauthaler, dem Drogisten, der uns alle eingeladen hat.

»SEID FRIEDLICH, Jungs!« rief der Alte, obwohl es ein Mädchen war, das da gerufen hatte, »altes Nazischwein!«, und die Studenten beachteten jetzt den Alten gar nicht mehr, sondern diskutierten untereinander oder mit Leuten, die sich der Gruppe hinzugesellt hatten, und der Wanderprediger, oder als was man den Mann sonst bezeichnen soll, glich jetzt einem jener »Zeugen Jehovas«, die am Bahnhof stehen und stumm ihre Hefte vorzeigen wie einen Ausweis, er hielt noch immer ein Exemplar der »Edda« in der Hand, und als ein Herr im Ledermantel ihn fragte, ob die »Edda« seiner Meinung nach tatsächlich ein Ersatz für Politik oder Religion sei, wiederholte er nur immer wieder, alle Dogmen seien schädlich, und es gelte, unseren Geist von fremden und schädlichen Einflüssen freizumachen. Einige lachten jetzt, und der Alte rief »ja, euch drängt es nach Einordnung in ein System, nach einer Lehre, einem intellektuellen Spiel, aber wißt ihr, was Hermann Hesse sagte? Er sagte, ›du sollst dich nicht nach einer vollkommenen Lehre sehnen, sondern nach Vervollkommnung deiner selbst‹«, und einer der Studenten rief jetzt, »lassen Sie den Hesse aus dem Spiel!«, und der Herr im Ledermantel, der sehr jugendlich wirkte, sagte, »haben Sie den Hermann Hesse für sich gepachtet?«, und vom »Tomaselli« herüber kam jetzt ein Polizist und sagte, wir sollten auseinandergehen, und zu dem Alten sagte er, er solle weitergehen, worauf einer der Studenten sagte, »wieso? Hier ist doch Fußgängerbezirk, warum können wir hier nicht stehen und reden?«, aber der Polizist ließ sich auf keine Diskussion ein und verlangte, daß wir auseinandergehen. Der Alte packte seine Bücher ins Köfferchen und ging hinunter Richtung Rathaus, und obwohl vorher alle gegen ihn waren, folgten sie ihm nun, wie eine Jüngerschar.

UND ALLE, die wir da jetzt um den länglichen Tisch saßen, faßten wir uns bei den Händen, und die Rothaarige links neben mir faßte meine linke Hand, und ich gab Stefan meine rechte Hand, und dann sangen wir alle weiter »In München steht ein Hofbräuhaus«, und alle wiegten sich hin und her, und auch ich mußte mich wiegen, mich den anderen anpassen, und so paßte ich mich halt an, und dann hängten wir uns sogar mit den Armen ein und waren jetzt alle fest aneinandergeschweißt und wiegten uns etwas langsamer im Takt, denn wir sangen jetzt »Warum ist es am Rhein so schön?«, das heißt, ich sang nicht mit, ich imitierte nur ein wenig, denn ich kannte den Text dieser Lieder nicht, und so tat ich halt so, als singe ich mit, machte die entsprechenden Mundbewegungen, und es fiel überhaupt nicht auf, daß ich nicht richtig mitsang, und als dann alle sangen »Tirol, Tirol, du bist so schön, so schön«, da kannte ich sogar ein wenig den Text, aber nur ein wenig von der ersten Strophe, und ab der zweiten Strophe kam ich mir schon wieder ein wenig als Außenseiter vor, aber ich wiegte mich mit den anderen im Takt, und wenn ein Lied zu Ende war, lachte ich auch übers ganze Gesicht, wie die anderen.

HELGA WOLLTE mit dem kleinen Georg die Hausaufgaben machen, und sie mußten dazu auf den Balkon, und so kamen Hannes und Bruno wieder ins Wohnzimmer herein und setzten sich an den Tisch, wo die Tarockkarten lagen, und ich setzte mich auch dazu, und während Bruno die Karten mischte, beobachtete ich, wie Helga ihrem Sohn eine Binde um die Augen legte, und der fing gleich an und leierte die Autonamen nur so herunter: Volvo, Opel-Rekord, VW, Peugeot, VW, VW, Ford-Taunus, Fiat 128, VW, Mercedes-Diesel, Opel usw., und Helga sagte nur andauernd »richtig, richtig, brav, gut, richtig«, und Bruno sagte: »Ist ja ein toller Kerl, dein Kleiner«, und nur ein einziges Mal mußte Helga ihn korrigieren, und ich sagte, »aber schummeln kann da jeder dabei, die Eltern können doch ins Heft eintragen, was sie wollen«, und Hannes sagte, das Autobestimmen sei auch kein so wichtiges Fach, in der Theorie, da seien sie streng, und Bruno hatte schon wieder zwei Könige, und nach einer Weile kam Georg zu seinem Papi zum Abhören, für die morgige Schularbeit, Helga sagte, dabei sei sie überfordert, und Hannes sagte, »mehr weiß ich auch nicht«, und er sagte, »gib her das Buch«, und dann spielten wir zu zweit weiter, und Hannes prüfte seinen Sohn und stellte ihm Fragen wie »was für eine Radaufhängung hatte der Peugeot 204«, oder »welchen Verkaufswert hat ein VW-Export Baujahr 1965 heute«, oder »was waren die wichtigsten Neuerungen am Opel

Rekord 1961«, oder »wie hoch ist der Kraftstoffverbrauch beim Mercedes 220«, oder »welche Fiat-Modelle des Jahres 1971 gab es ohne Aufpreis mit Schiebedach«, und ich konnte es mir nicht verkneifen zu sagen, die verlangten aber allerhand heutzutage in der Volksschule.

»LASS MICH raus!« rief sie, und ich sagte, »ja natürlich«, denn ich hatte ganz vergessen, daß sie auf ihrer Seite nicht hinaus konnte, und so rutschte ich hinaus, und wie ich draußen war, hätte ich beinahe gestöhnt vor Schmerz. Ich befühlte meine Knie, die waren ganz schön geschwollen, und auch Gerdas Beule war noch größer geworden, sie mußte sich jetzt eine Zigarette anzünden, »auf den Schreck«, sagte sie, und sie sog gierig an der Zigarette, und dann schauten wir uns die Vorderpartie des Wagens an, die verbogene Stoßstange, ich sagte, »das Blech ist ja dünn wie Papier«, und drückte den rechten Kotflügel nach außen, denn der Reifen kam beinahe mit ihm in Berührung, und Gerda fragte, warum die Tür auf der Fahrerseite sich nicht öffnen ließ, sie zerrte am Türgriff, und ich sagte, vielleicht ist die ganze Karosserie verzogen, und dann kam der Tankwart und sagte, hier könnten wir nicht stehenbleiben, wir müßten weiter, worauf ich sagte, wir hätten einen Unfall gehabt, aber der Tankwart wiederholte, wir könnten hier nicht stehenbleiben, der Esso-Wagen käme gleich, und Gerda sagte, »jaja, wir sind ja schon weg«, und sie schlüpfte wieder in den Wagen, auf den Fahrersitz, und ich hinterdrein, und wie sie jetzt den Starter betätigte, wollte der Wagen nicht mehr anspringen, immer und immer wieder drückte sie den Zündschlüssel herum, und der Anlasser wimmerte, aber der Motor sprang nicht an. Und jetzt bog tatsächlich der riesige Esso-Tankwagen herein auf den Platz, und der Tankwart kam wieder gelaufen und fuchtelte mit den Händen, und Gerda kurbelte ihr Fenster hinunter und rief »er springt nicht an!«, und der Tankwart begann zu fluchen, und als ich sah, daß er sich anschickte, unseren Wagen wegzuschieben, stieg ich aus, und gemeinsam schoben wir den Wagen über den Platz hinweg, hinaus auf die Straße, und ich stieg wieder ein, und Gerda ließ den Anlasser rummeln, aber der Motor gab kein Lebenszeichen, und Gerda sagte jetzt, ich solle telefonieren gehen, solle Günther anrufen, ihren Bekannten beim Arbö.

WIR PARKTEN die Autos zwischen Bäumen, Toni ging mit einer großen Taschenlampe voraus, der Pfad wurde jetzt so schmal, daß wir im Gänsemarsch hintereinander gehen mußten, und ich hatte zwar einen Teil des Geschirrs der Freundin von Toni gegeben, aber jetzt fiel mir doch noch einmal ein Stück hinunter, und ich ließ es liegen und hörte, wie mein Hintermann mit dem Schuh daraufstieg, und es knirschte und krachte ein wenig, aber nicht viel stärker, als wenn man ein Schneckengehäuse zertritt, und dann war da das Tor, der Eingang zu dem Seegrundstück, man hörte sogar schon die Wellen plätschern, zwischen den Bäumen leuchtete ein wenig der Mond durch, und Fred rief, »ich wette, das Wasser hat 20 Grad«. Wir stellten alles, was wir trugen, auf den Tisch in der Hütte, und Karl sagte, »also dann, Toni, koch was Ordentliches«, und Helga, die Verlobte von Toni, sagte »Toni ist ein Meisterkoch«, und Toni wehrte bescheiden ab, »es gibt ja nur Leberkäs«, und wir drängten uns jetzt alle aus der Hütte hinaus, und Fred wollte gleich das Lagerfeuer anmachen.

JETZT MÜSSTE ich den Mut haben zu sagen, ich dächte daran, in absehbarer Zeit die Firma zu verlassen, ich wollte mich verändern; jetzt wäre die beste Gelegenheit dazu, denke ich, aber was sage ich, wenn er fragt, was für eine Stellung ich in Aussicht habe, was ich dort verdiene usw., ich kann ihm doch nicht sagen, daß ich mir darüber noch gar keine Gedanken gemacht habe, daß ich einfach von der Firma weg will, einfach weg und dann weitersehen. Er steigert jetzt die Geschwindigkeit wieder, mir fällt ein, daß er im vorigen Jahr auf der Strecke Wien-Linz eingeschlafen und auf einen anderen Wagen aufgefahren war und dabei mehr als Glück hatte, und ich denke, ich muß ab und zu mit ihm reden, dann schläft er nicht ein, und um irgendwas zu sagen, sage ich, »der Wagen läuft unglaublich leise«, und er erklärt mir darauf, warum er keinen Mercedes fahre, obwohl er aufgrund seiner Position eigentlich einen fahren müßte, und zählt alle Vorzüge des Audi auf, und dann fragt er, was er schon öfters gefragt hatte, warum ich keinen Wagen habe, wann ich mir endlich einen anschaffe; »sind es finanzielle Gründe?« fragt er, »brauchen Sie einen Kredit? Sie können von der Firma einen günstigen Kredit bekommen«, und ich sage erschrocken, »nein, danke, keinen Kredit, ich brauche keinen Wagen. In der Stadt kommt man zu Fuß schneller und besser vorwärts, und weite Reisen mache ich lieber mit der Bahn, ich fahre sehr gern mit der Bahn«, und er sagt: »Wenn jeder so dächte, ständen wir schön da!« – »Wissen Sie«, sagt er, »daß in der Bundesrepublik jeder Sechste direkt oder indirekt für die Autoproduktion tätig ist, von ihr abhängig ist?«, und ich sage, nein, das hätte ich nicht gewußt, und jetzt überholt er den Lastzug, und dann sagt er, man könne nicht gegen den Strom schwimmen, das sei ungesund. »Machen Sie Schulden«, sagt er, und ich sage, »für ein Auto müßte ich ein volles Jahr arbeiten; dafür würde ich lieber ein Jahr lang nicht arbeiten, sondern das tun, was mir Freude macht, ein wenig die Welt ansehen, zu mir selbst finden, viel lesen ...«, er sagt abschätzig, »dafür bekommen Sie keinen Kredit«, er beugt sich wieder vor, wie jedesmal, wenn er überholt, seine Nase klebt schier an der Scheibe, und er schert auf die Überholspur aus und überholt die drei Autos vor uns und wiederholt, »nein, dafür gibt's keinen Kredit! Und wer zahlt Ihnen die Krankenversicherung und Sozialversicherung?«

»HAST DU was?« fragte Betty. Ich sagte, »nein; wieso?«, und sie meinte, »du sagst nichts«, und ich erwiderte, »ich rede nie viel.« »Aber jetzt redest du überhaupt nichts«, sagte sie, und ich hatte auch wirklich schon eine Viertelstunde kein Wort gesagt, saß auf dem Sofa, mit angezogenen Knien, und starrte zum Fenster hinaus, und mir fiel ein, daß ich auch in der Küche, beim Essen, immer zum Fenster hinausschaute, und Betty sagte, »geh' ich dir auf die Nerven?«, und da erwachte ich plötzlich aus meiner Erstarrung, nahm ihre Hand und sagte, »um Gottes willen nein, verzeih mir, ich weiß nicht, was ich hab', aber es ist gut, daß du da bist; am Sonntagnachmittag verfall' ich meistens in so eine merkwürdige Stimmung, ich bin schon halb wieder im Büro; dieses ewige Warten und Hoffen auf die Wochenenden, auf den Urlaub, immer die Vorstellung, ich werde etwas tun, was mein Leben ändert, was mich wirklich befriedigt; aber ist das Wochenende vorüber, ist der Urlaub vorbei, habe ich nichts getan, hab' ich mich treiben lassen, ist alles beim alten geblieben.«

ALSO WAREN wir jetzt nur noch vier außer den Gastgebern: Stefan, ich, die Kettenraucherin und ihr Mann, und wir trotteten hinter der Dame des Hauses her, die Treppe hinauf, während der Hausherr in den Keller ging, um den Sekt zu holen, und dann saßen wir in dem großen Zimmer, der Projektor stand noch da, kalter Zigarettenrauch lag in der Luft, der Mann, ich erinnerte mich jetzt, daß er im Laufe des Abends in der Halle ein paar Gedichte gelesen hatte, öffnete ein Fenster, und in dem Augenblick krähte irgendwo in der Nachbarschaft ein Hahn, und dann kam auch gleich der Hausherr mit den Sektflaschen, den Gläsern und dem Sektkübel, und er bediente uns wie ein Kellner, wir prosteten uns zu, und mir war schon völlig egal, ob Stefan nun endlich nach Hause fuhr oder nicht, und der Dichter wäre jetzt beinahe eingenickt, seine Frau gab ihm einen Stoß, zum Glück war sein Glas leer, und der Hausherr schenkte uns allen nach, und wir saßen da und tranken ein wenig und sprachen von allem möglichen, und zuletzt sprach nur noch die Frau, die unentwegt rauchte, und draußen krähte noch einmal ein Hahn, vielleicht derselbe.

EIN WENIG fror uns alle, obwohl das Feuer jetzt mächtig emporloderte, wir saßen in Badehosen um das Feuer herum und schlangen die Spaghetti mit Tomatensoße hinunter und bissen dann und wann in den heißen Leberkäs, tranken von dem Bier, und obwohl das Feuer eine kräftige Hitze ausstrahlte, fror mich am Rücken, aber je mehr Spaghetti ich in mich hineinstopfte, desto weniger fror mich, und den anderen ging es anscheinend genauso, und Karl konnte es schon nicht mehr erwarten, ins Wasser zu springen, und ich dachte, ins Wasser bringt mich heute keiner, und Toni stand auf und warf noch ein paar von den großen Scheiten ins Feuer, und so saßen wir da und kauten, und ich dachte, was hast du hier eigentlich verloren, da sitzt du, im Kreis, neben Karl und Fred, deinen ehemaligen Schulfreunden, da sind Thomas und seine Freundin, die du kaum kennst, Toni und seine Verlobte, die dünne Blondine mit den ewig scheppernden Armreifen, die du überhaupt nicht kennst.

»WILL NOCH wer Saures?« fragte Tante Mia. Keiner rührte sich, Otti nahm das Tablett mit den Sandwiches vom Tisch, lief ins Haus und brachte den Apfelstrudel, und jetzt begannen wir wieder alle zu essen, sogar Mutter nahm sich eine Schnitte, und Otti lief nochmals und holte das Schlagobers, und Onkel Sepp erzählte weiter und sagte, das sei die unheimlichste Zeit gewesen, denn jedesmal, wenn er Wache gehabt habe, habe er alle halbe Stunden die Birken vorne am Bach gezählt, was in der Finsternis gar nicht einfach gewesen sei, und manchmal habe er sich verzählt, trotz des scharfen Fernglases, und er habe nochmals von vorne begonnen, und dann stimmte es. Aber manchmal war ein Stamm zuviel, und dann habe er gewußt, daß es ein russischer Scharfschütze war, und er habe seine Kameraden gewarnt, und sie seien alle in Deckung gegangen. Onkel Alois erzählte dann, wie er die drei sowjetischen Panzer geknackt hatte, an seinem neunzehnten Geburtstag, und Tante Mia, die allen Tee nachgoß, rief, das hätten doch alle schon x-mal gehört, aber Onkel Sepp rief, »laß ihn doch!«, und Tante Grete sagte, »wenn man euch zuhört, dann meint man, das sei die schönste Zeit in eurem Leben gewesen«, und Onkel Sepp sagte, er sei nie so gesund gewesen wie damals bei der Wehrmacht, Tatsache. »Jaja«, sagte Tante Grete, »die Zehen hast du dir abgefroren!« – »Das ist etwas anderes«, sagte Onkel Sepp, und Otti sagte, während sie Schlagobers in sich hineinstopfte, sie werde nie verstehen, was Männern so sehr daran gefällt, Frau und Kinder im Stich zu lassen, im Dreck herumzukriechen und sich von irgendwelchen Offizieren herumkommandieren zu lassen, und Onkel Alois sagte: »Halt den Mund!«

»UND ALS ich mit Herrn Eisenbarth über den Mozartplatz ging«, fuhr Jupp fort, »waren zwei Burschen dabei, dem Akzent nach Rheinländer, in einer größeren Parklücke neben dem Mozartdenkmal ein Campingzelt aufzustellen, und wir blieben stehen, Herr Eisenbarth schüttelte den Kopf, und dann war auf einmal ein Polizist zur Stelle und sagte, das ginge nicht, hier nicht, und daneben saß ein Ehepaar mit Kind um das aufklappbare Tischchen am Heck ihres Caravans herum, nahm die Abendmahlzeit aus Aluminiumdosen ein und blickte herüber, ein paar junge Leute drängten sich um das halb aufgerichtete Zelt und leckten Eis am Stiel, und wir mußten weitergehen, denn es war schon Viertel nach sieben. »Eigentlich«, sagte Jupp, »wäre das deine Aufgabe gewesen, und der Chef hat auch nach dir gefragt, aber du warst wieder einmal nicht da«, und ich grinste und sagte, mir hätte es gereicht, Herrn Eisenbarth vom Flughafen abzuholen, und Jupp erzählte weiter, wie er Herrn Eisenbarth zum Neuen Festspielhaus geleitet hatte, »wir gingen durch die Hofstallgasse«, erzählte er, »und plötzlich ging die Sirene los, die Warnsirene am Sparkassenstöckl, die Konzentration der Abgase«, erzählte er, »ich hatte den galligen Geschmack schon im Mund, und Herr Eisenbarth sagte, das sei ja fürchterlich, und die Hofstallgasse war verstopft mit Autos, die alle nicht vor und zurück konnten, ein Hupkonzert begann, besonders die Taxis hupten wie die Verrückten, und dann hatten wir endlich das Neue Festspielhaus erreicht, ich geleitete Herrn Eisenbarth noch ins Foyer, es stank nach Auspuffgasen, und Herr Eisenbarth sagte, noch fünf Minuten und mir wird übel.«

DIE MÄDCHEN hüpften jetzt kreischend ins Wasser, und dann sprang Fred, Toni und Karl folgten, als letzter sprang ich, und mir zog sich alles zusammen, das Wasser war eiskalt, und ich verfluchte mich, daß ich nicht draußen geblieben war, aber nach einer Weile, nachdem ich wie wild im Wasser herumgespritzt hatte, empfand ich es nicht mehr als so kalt, und wir plantschten im Wasser herum, der Mond beleuchtete fahl die Szene, Fred tauchte unter und erschreckte Helga, sie schrie »Toni!«, und dann tauchte Fred prustend wieder neben mir auf und sagte, »die hat eine Haut wie ein Reibeisen«, und mir reichte es jetzt, ich schwamm zurück, hatte dann Boden unter den Füßen, watete an Land, plötzlich ein Schmerz an der linken Sohle, ich schrie: »Au!«, humpelte hinaus, fühlte einen brennenden Schmerz, der immer heftiger wurde, Fred schrie, »Was ist los?«, und ich rief, ich sei auf etwas getreten, humpelte zum Lagerfeuer, und dann sah ich, daß ich wie ein Schwein blutete, ich hockte mich hin und untersuchte die Fußsohle, und da war ein kreisrunder, klaffender Schnitt, vermutlich von einem Flaschenboden. Blut floß, ich rief nach Fred, und dann kamen sie alle. Mir war speiübel. Fred umwickelte den Fuß mit meinem Leibchen, aber das Blut floß immer noch, und Helga sagte, einer müßte mich sofort ins Unfallkrankenhaus fahren.

WIR MUSSTEN im Schrittempo fahren, ein Gendarm mit einem Signalstab stand da, und Kaltenbrunner fuhr langsam an den fürchterlich zerquetschten und aufgerissenen Autowracks vorbei, es waren vier oder fünf Wagen, und am Rand der Autobahn sah ich die Unfallopfer, mit Autodecken und Plachen bedeckt, ein paar Leute standen beisammen, Kaltenbrunner beschleunigte wieder, er sagte »schrecklich!« und beschleunigte wieder.

DER MANN schlief an der Schulter seiner Frau. Sie machte jetzt keinen Versuch mehr, ihn wachzuhalten. Auch mir waren die Augen schon einige Male zugefallen. Der Hausherr schenkte Sekt nach. Jedesmal, wenn ich Stefan fragte, »fahren wir?«, antwortete er »gleich«. Die Kettenraucherin rauchte weiter, der Aschenbecher quoll bereits über von Kippen, die Hausfrau erzählte Stefan, daß sie viel zu wenig übe. Wenn man singen wolle, sagte sie, müsse man täglich üben. Vor zehn Jahren, ja, da hätte sie eine Stimme gehabt, aber Stefan beteuerte ein paarmal, wie wundervoll ihr Vortrag heute gewesen sei, jetzt kam er in Fahrt, zuerst war er dagesessen, als wäre der Abend ihm was schuldig geblieben, als warte er immer noch ab, ob nicht doch noch Aussicht bestünde, daß er auf seine Rechnung käme, nun brachte er geschickt das Thema auf Versicherungen, nein, der Hausherr hatte keine Lebensversicherung abgeschlossen, aber er hatte es schon öfter in Erwägung gezogen, ein gefundenes Fressen für Stefan, er versprach, in den nächsten Tagen mit entsprechenden Unterlagen vorbeizukommen. Jetzt erwachte der Gedichteschreiber, Draxler hieß er, es fiel mir wieder ein, er verlangte aufzubrechen, und seine Frau sagte, »nur noch eine Zigarette«, und zündete sich noch eine an, und jetzt sagte auch Stefan endlich, »wir fahren auch gleich«, und er wollte nicht mehr trinken. »Dann müssen Sie trinken«, sagte der Hausherr und füllte mein Glas, und ich trank, obwohl mir der Sekt überhaupt nicht schmeckte, und dann erhoben wir uns endlich, der Hausherr, während wir die Treppe in die Halle hinunterstiegen, erzählte, im Vorjahr seien alle viel länger geblieben, die ganze alte Garde hätte heute ungewöhnlich früh das Weite gesucht. »Sie können auch hier übernachten«, bot er den Draxlers an, aber die lehnten dankend ab. »Trinken wir noch einen Kaffee?« fragte er dann, und Stefan sagte, ja, ein Kaffee wäre nicht schlecht, und wir kehrten wieder um und setzten uns in der Halle hin und die Hausfrau ging in die Küche, um den Kaffee persönlich zuzubereiten, und wir brauchten kein Licht mehr, denn draußen war es schon sehr hell.

»NEIN, NEIN!« widersprach der Obmann, »das Pestmarterl müssen Sie sehen, es stammt aus dem 16. Jahrhundert. Vor zwei Jahren haben wir zwei Ruhebänke dort hingestellt, es ist ein beliebtes Ausflugsziel für unsere Gäste«, und ich fügte mich darein. Ich hatte mich auf Kosten des Verkehrsvereines vollgegessen, hatte den ganzen Ort besichtigt; meinetwegen jetzt auch noch das Pestmarterl, und der Obmann erzählte mir, während wir uns dem Wald nördlich vom Ort näherten, von den stark ansteigenden Nächtigungsziffern des Ortes, »es geht aufwärts!« sagte er immer wieder, vor zehn Jahren hätten sie hier nicht einmal sechzig Fremdenbetten gehabt, jetzt seien es bereits über zweitausend, und: »Sie haben ja gesehen, wie bei uns gebaut wird, jedes Jahr kommen jetzt ein paar hundert Betten dazu«, er deutete auf die Wiese rechter Hand, »hier machen wir einen großen Tennisplatz und ein modernes Schwimmbad. Ja, das Wichtigste ist jetzt der neue Prospekt«, sagte er, und ich erwiderte, »wir machen Ihnen einen schönen Prospekt, Sie können sich darauf verlassen«, und jetzt waren wir im Wald drinnen, und der Obmann ging voraus, und ich folgte ihm. Nach einer Weile blieb er stehen und orientierte sich, sagte, »eigentlich hätten wir weiter drüben gehen sollen, dort ist der markierte Weg, aber es geht auch von hier, ich glaube, wir müssen uns mehr links halten«, und er stapfte weiter voran durch das vom gestrigen Regen noch aufgeweichte Laub, und dann entschuldigte er sich, entfernte sich und verrichtete hinter einem Baum seine Notdurft. Er kam wieder, entschuldigte sich, er sei von dieser Seite schon seit Jahren nicht mehr gegangen. »Früher«, sagte er, »als ich noch die Führungen für die Gäste gemacht habe, bin ich jeden Dienstag mit den Gästen zum Pestmarterl gegangen.« Und er erzählt von der Pest, die damals hier gewütet hatte, mehrere Familien seien vollkommen ausgerottet worden, und jetzt gerieten wir auf sumpfigen Boden und mußten ausweichen, und der Obmann sagte mehrere Male: »Es muß hier in der Nähe sein«, und er wischte sich den Schweiß vom Gesicht, es war ihm peinlich, daß er die Orientierung verloren hatte, und ich beruhigte ihn, sagte, »wir kommen schon hin.«

»WOLLT IHR noch eine Platte hören?« fragte Gerda, aber keiner von uns gab eine Antwort, nur Heinz fragte, ob noch Bier im Haus sei, und Gerda schwang sich von ihrem Bett herunter und ging in die Küche Bier holen. »Was hast du für einen IQ?« fragte mich Dieter, und ich sagte, ich hätte keine Ahnung, und Dieter fragte Heinz, was er für einen IQ hätte, und der sagte, beim letzten Test seien 100 Punkte herausgekommen; aber vor zwei Jahren hätte er bei einem anderen Test 112 erreicht. Dieter sagte, er hätte einen IQ von 120, und als Gerda mit dem Bier kam, »das ist der Rest«, sagte sie und stellte zwei Flaschen hin, fragte er sie, was sie für einen IQ habe, und sie fragte, was das sei, und Dieter erklärte es ihr, und sie sagte, sie hätte noch nie solch eine Prüfung gemacht, und Heinz sagte, »ich bringe dir einmal einen Test aus einer Zeitschrift«, und wir füllten unsere leeren Gläser mit Bier und saßen da, Gerda legte dann doch noch eine Platte auf, vielleicht weil es so still war und keiner was sagte, wir saßen da und es war schon spät, und als die Platte ausgelaufen war, war es wieder still, und Gerda sagte dann, im Fernsehen finge jetzt bald das Eishockey an, und jetzt kam wieder Leben in uns, alle wollten wir das Eishockey-Spiel sehen, Dieter sagte, »dann brauchen wir aber noch was zu trinken«, und er erklärte sich bereit, ins Gasthaus hinüberzugehen und noch ein paar Flaschen zu holen, und während Dieter mit den leeren Flaschen hinausging, legte Gerda die Rückseite der Platte auf, und wir warteten auf Dieter und auf die Übertragung des Spiels, wir tranken den Rest des Biers aus und warteten.

ES SAH aus, als hätte der Bursche versucht, die Treppe zum Portal der Sparkasse auf allen vieren hinaufzukriechen, und mittendrin hätten ihn die Kräfte verlassen. Es war kurz vor acht, und obwohl ich riskierte, zu spät ins Büro zu kommen, blieb ich wie einige andere auch stehen und sah zu, wie der Bärtige immer wieder versuchte, mit den Armen auszugreifen, sich mit den Füßen abzustützen und eine Stufe weiter hinaufzugelangen. »Steh auf, Reservechristus«, rief einer, und wir alle lachten ein bißchen, und der Bursche hatte immer noch die Augen geschlossen, er schien krank zu sein, Speichel lief ihm aus dem Mund, und an der Stirne war eine blutverkrustete Stelle. Er machte jetzt wieder eine seiner Bewegungen, so langsame und unsäglich hilflos wirkende Bewegungen, daß ich es kaum ertrug hinzuschauen. Die Bank öffnete jetzt ihre Tore und ein untersetzter Herr im dunklen Anzug kam heraus, beugte sich zu dem Burschen nieder und sagte, »hier können Sie nicht bleiben, do you understand?« Aber der Bärtige lag jetzt völlig leblos und entspannt da, der untersetzte Herr befahl einem jungen Bankangestellten, der sich hinzugesellt hatte, nach einem Wachmann zu telefonieren. Dann packte er den Burschen am Kragen und versuchte ihn vom Eingang wegzuschleifen. Eine grüne Flüssigkeit quoll aus dem Mund des Burschen, und einer sagte, »der hat Tabletten geschluckt«, und der Bursche lag jetzt am Rande der Treppe, der Mann im dunklen Anzug hatte versucht, ihn aufzusetzen, aber er war gleich wieder zusammengesackt und schlug sich den Schädel an der steinernen Treppe an.

BOTZENHARDT WAR jetzt am Ball, bedrängt von zwei Abwehrspielern der Dornacher, er flankte den Ball hinüber auf die rechte Seite, Just bekam den Ball und köpfte in den Strafraum hinein, aber Skasa klärte und knallte das Leder weit hinaus ins Mittelfeld, wo es jetzt Saitler sich eroberte und damit lospurtete, und Bruno, der neben mir auf dem Sofa saß, schrie jetzt verhalten, der kleine Robert, den er auf dem Schoß sitzen hatte, kaute an seiner Schulter, hatte ihn anscheinend gebissen. Bruno schob jetzt Robbi zu mir herüber, und der kletterte jetzt auf meinen Schoß und blieb manierlich sitzen. Der zweite Korner jetzt für die Blauweißen, wer führt ihn aus? Flöckner läuft ins Eck, aber sein Schuß geht übers Tor hinweg, aus, und dann hätte ich beinahe vor Schmerz laut geschrien, denn Robbi biß mich in den Daumen, kein spielerischer, neckischer Biß, er biß mit aller Kraft, die er in seinen vierjährigen Kiefern hat, zu, vielleicht schrie ich auch sogar, aber das hörte keiner, am wenigsten die Loidls, die in den Fauteuils auf der anderen Seite des Tisches saßen, und ich hielt mir Robbi jetzt vom Leib, Abstoß vom Tor der Dornbacher, Robbi lehnt sich an meine Schulter, steht wackelig auf meinen Oberschenkeln, ich drücke ihn weg von meiner Schulter, er hat aber schon seine Zähne hineingedrückt, durch das Hemd spüre ich seine spitzen Zähne, glücklicherweise sind seine Kiefer zu klein, um da oben richtig zupacken zu können, und er merkt, daß er mir da nicht viel anhaben kann, wird wütend und sucht meine Hand, ich blicke hinüber zu seinen Eltern, die schauen auf die Mattscheibe, und ich sage laut, »jetzt machen wir's bei Robbi« und nehme seine winzigen Fingerchen in den Mund und knabbere ein wenig daran, und er findet das wunderbar, sagt, »und jetzt bei dir«, und schon hat er ein Stück meiner Hand im Mund und beißt hinein, bis zum Knochen, und jetzt werde ich wütend, ich habe es satt, am liebsten hätte ich ihm eine geschmiert, jetzt hab' ich endlich meine Hand aus seinem Mund gelöst, ich blute, sage, »geh wieder zu Onkel Bruno«, und schiebe Robbi zu ihm hinüber, und er kräht vergnügt und geht zu Bruno, und es steht immer noch 0:0. Die Dornbacher jetzt wieder im Angriff, Häussermann schaltet sich ein, er erwischt den Ball, gibt zu Botzenhardt, Botzenhardt gibt zu Kaiser, aber der verliert den Ball jetzt an Schmid, und schon rollt der Angriff der Dornbacher wieder.

DER OBMANN war jetzt bereits ziemlich außer Atem; er behielt das Taschentuch in der Hand und betupfte sich von Zeit zu Zeit das Gesicht, und ich sagte jetzt nicht mehr, »kehren wir um, es ist nicht so wichtig«, denn mir gefiel es im Wald; Kindheitserinnerungen kamen hoch, und die Stille ringsherum erzeugte eine eigenartige Stimmung in mir, und ich dachte, von mir aus können wir noch stundenlang so durch den Wald laufen. Weiter vorne sahen wir dann ein paar Gestalten. Als wir näher kamen, sahen wir, daß es drei Holzarbeiter waren, die mit dem Schälen eines frisch gefällten Stammes beschäftigt waren. Die drei blickten uns entgegen, als wären wir Abkömmlinge einer fremden Welt, aber als sie den Obmann erkannten, zogen sie grüßend die Hüte. Der Obmann fragte gleich nach dem Pestmarterl, und der Ältere der drei deutete in eine Richtung und sagte, dort drüben müsse es sein, höchstens zehn Minuten von hier, und der Obmann dankte, er fragte noch, ob sie einen Schluck zu trinken hätten, und der Holzfäller reichte ihm sogleich die Zweiliterflasche mit dem Most, und der Obmann nahm einen langen Schluck, und auch ich durfte trinken, dann verabschiedeten wir uns. Der Obmann drehte sich aber noch einmal um und fragte den Holzfäller, ob er nicht daran denke, auf seinem Hof Fremdenzimmer einzurichten, aber der Holzfäller erwiderte, daß er auf seinem Hof Ruhe haben wolle, vielleicht, sagte er, würde es sein Sohn einmal machen (der rittlings auf einem Stamm saß und die Rinde herunterschälte), solange er Bauer sei, kämen ihm keine Fremden auf den Hof, und der Obmann grüßte noch einmal, und wir gingen in die angegebene Richtung durchs Unterholz. Es dauerte nicht mehr lange, und vor uns tauchte das Marterl auf, ein neu errichtetes, gemauertes Denkmal mit einem süßlichen Marienbild und einer Inschrift. Wir setzten uns auf die Bank davor, und der Obmann sagte, das alte Marterl stünde etwas weiter drüben, es sei völlig verwittert und zerfallen, nun habe man für die Gäste hier ein neues Pestmarterl errichtet. Im Herbst werde man noch zwei Ruhebänke aufstellen.

DAS ERSTE, wenn ich ein neues »rororo« auspacke und in die Hand nehme, ist, daß ich das Reklameblatt für Pfandbriefe suche und heraustrenne. Vor ein paar Wochen sah ich den Film »Alexis Sorbas«; heute ließ ich mir durch Betty das Buch besorgen. Ich hab' jetzt viel Zeit zum Lesen. Am linken Fuß soll ich nicht auftreten. Ich liege viel. Eben schloß ich für ein paar Minuten die Augen und dachte über die ersten 20 Seiten nach, die ich gelesen hatte. Was ist der Unterschied zwischen Erlebtem und Gelesenem? fragte ich mich dann. Die ersten 20 Seiten vom »Sorbas«, wenn ich jetzt die Augen schließe und sie mir zurückrufe ins Bewußtsein, die möchte ich nicht mehr missen. Die Kneipe im Hafen von Piräus, der Regen, der gegen die Scheiben prasselt, der Auftritt von Sorbas, die Erinnerung an den Abschied von einem geliebten Freund in der Kabine des Schiffes – das lebt alles sehr stark in mir.

»SCHAU DIR die zwei an«, sagte Schorsch, und ich hatte sie schon gesehen, die beiden bärtigen Knülche, die auf der Umrandung des Residenzbrunnens saßen. Zu ihren Füßen lagen ein paar Kohlezeichnungen und auf einem Stück rotem Stoff selbst verfertigter Schmuck, in einer Schuhcremedose lagen ein paar Münzen. Sie tranken aus einer Colaflasche, und der eine klimperte ein wenig auf seiner Gitarre und blinzelte den beiden Mädchen zu, die kichernd dabeistanden, und jetzt sah ich, wie häßlich der Bursche mit der Gitarre war, sein Gesicht war übersät von Pickeln, soweit man das Gesicht durch den Bartwuchs überhaupt sehen konnte. Dann, gerade, als wir weitergehen wollten, begann der Bursche leise zu singen, und das verspielte Klimpern wurde zur gekonnten Begleitung, und er sang mit einer brüchigen dunklen Stimme ein Lied in einer fremden Sprache, es klang wie Spanisch, und es kamen noch mehr Leute und hörten sich das Lied an, und als der Bursche mit dem Lied zu Ende war, warfen einige Leute Münzen in die Dose, und dann begann er ein neues Lied, und jetzt sang er mit voller Stimme, nicht mehr verhalten wie zuvor, sondern unbändig, als müsse er sich von etwas befreien, und wie er jetzt sang, da bemerkte ich, daß sein Gesicht jetzt schön war, er war wie entrückt, und das Lied ging mir durch und durch, und erst nachdem Schorsch mich ein paarmal gestoßen hatte, löste ich mich und ging mit ihm.

»UND WAS schlagen Sie vor?« fragte Kaltenbrunner, sein Gesicht bekam einen lauernden Ausdruck, und ich begriff blitzschnell das abgekartete Spiel, dachte, er ist doch ein rechter Schmierenschaupieler. »Die beste Lösung«, sagte Meisel, »wäre, wir geben die Leitung dieses Ressorts an euch zurück, ihr seid näher bei München als wir.« »Aber wer soll das bei uns machen?« unterbrach Kaltenbrunner, »können Sie mir das sagen?« Ich schob den Aschenbecher rüber zur Sekretärin von Meisel, die sich jetzt auch eine Zigarette anzündete. »Ich habe Sie mir mit Bart vorgestellt«, hatte sie bei der Begrüßung vorhin gesagt, und als ich abschätzig gerufen hatte, »einen Bart!«, da war sie etwas eingeschnappt. Vielleicht, dachte ich, hat ihr Freund einen Bart. »Meiner Meinung nach wäre Winkler der richtige Mann«, sagte Meisel, »und da Sie ihn ja gleich mitgebracht haben ...« Ich unterbrach ihn. »Ich kann das unmöglich machen, ich bin voll ausgelastet.«

»Langsam, langsam«, rief Kaltenbrunner, »also ich bin auch der Meinung, daß Sie der Mann dafür wären. Sie bekämen selbstverständlich eine entsprechende Gehaltserhöhung und so viele Kräfte, wie Sie brauchen. Sie sollen nur die Oberaufsicht übernehmen. Die Sache überwachen. Sagen Sie jetzt nicht gleich nein, überlegen Sie es sich gründlich.« Da gibt's nichts zu überlegen, dachte ich, und beinahe hätte ich jetzt gesagt, ich trage mich mit dem Gedanken zu kündigen usw. Aber es war wohl nicht der richtige Augenblick dazu. Meisel griff zum Telefon und bestellte vier Kaffee, Kaltenbrunner zündete sich eine Zigarette an und sagte, »also dann wäre dieses Problem gelöst, aber was machen wir mit Klagenfurt?« Und jetzt zündete sich auch Meisel eine neue Zigarette an, er bot auch seiner Sekretärin an, sie zierte sich zuerst, aber als er nicht lockerließ, nahm sie doch eine Zigarette.

»Nein!« rief ich, denn ich konnte es nicht fassen. Aber Dieter sagte, wir könnten sie ja im Krankenhaus besuchen. »Ja!« rief er, »das ist die Idee, wir besorgen Blumen und besuchen sie.« Ich ließ Dieter an der Tür stehen, sagte Mutter Bescheid und humpelte dann, mich auf ihn stützend, die Treppe hinunter. »Sechzigtausend hat er auf dem Tacho«, sagte Dieter, er meinte damit den Austin, den er sich gekauft hatte. Es war kurz nach vier Uhr, und ich sagte, eigentlich dürfe ich nicht weg, aber es werde schon kein Krankenkassen-Kontrolleur kommen. Wir stiegen ein, das Radio lief, spielte eine Jazznummer. Dieter fuhr los. Als er auf die Hauptstraße hinausbog, kam ein Rettungswagen mit heulender Sirene, den mußten wir vorbeilassen, Dieter sagte, eine Kollegin von Gerda hätte ihm berichtet, Gerdas Hüftknochen sei bei dem Zusammenstoß stark beschädigt worden und möglicherweise werde sie immer ein wenig hinken, und der neue Wagen sei völlig zertrümmert, aber sie könne nichts dafür, sie hätte Vorfahrt gehabt, und ich sagte, ein Pech habe sie schon mit ihrer Fahrerei, und erzählte von dem harmlosen Auffahrunfall vor zwei Monaten.

»DIESE UNAUFHÖRLICHEN Teuerungen!« rief Tante Mia. »Ja«, entgegnete Onkel Alois, »aber das kannst du doch nicht vergleichen mit 1930, damals gab's keine Arbeit, wir hatten nichts zu beißen.« – »Sieh dir die Leute auf der Straße an«, sagte Tante Mia, »wie sie herumhetzen, gepackt von der Kaufwut. Sind diese Leute glücklicher, als wir damals waren?« »Ja«, meldete sich Andreas wieder, »aber das Unbehagen hält sich in Grenzen, keiner revoltiert, wir gehen nicht auf die Straße. Wir lassen die Regierung wurschteln. Heute wie damals hat der Staat geschickt Ventile eingebaut. Damals waren es die Juden, dieses rote Tuch hängten sie damals den Leuten vor, an denen konnten sie ihre Aggressionen austoben, damit lenkten sie das Volk in Deutschland und Österreich von der Schmach ab, einen Krieg angezettelt und verloren zu haben; heute haben wir die wunderbare Ablenkung Automobil. Jedem sein Automobil, jedem ein Gaspedal und einen Fernseher, und es ist Ruhe im Staat.«

»UND WAS willst du dann machen, wenn du gekündigt hast?« fragte Stefan. Vor uns fuhr ein Wagen der Müllabfuhr, Stefan lenkte rechts an den Rand hin und stoppte. Überholen war hier in dieser schmalen Gasse nicht möglich. Ich beobachtete, wie die Männer in den blauen Kluften die Mülltonnen in den hinteren Teil des Müllautos hineinstülpten, und bereute schon, Stefan von meinem Vorhaben erzählt zu haben. »Wenn du ausharrst«, sagte er, »kannst du in sechs oder zehn Jahren Büroleiter sein. Ich bereu's heute, daß ich von euch weggegangen bin. Wenn du woanders anfängst, da sitzen doch überall schon die Thronprinzen, da kommst du doch nicht dran.« Jetzt war die Gasse vor uns frei, Stefan fuhr wieder los. Es wurde immer heller, und mir fiel der Bursche ein, der vor ein paar Tagen am Residenzplatz so hinreißend gesungen hatte, und ich dachte, ganz egal, was der Kerl ist, was er macht, etwas kann er, nämlich singen, wenn er singt, dann möchte man ihm nahe sein, um teilzuhaben am Vollkommenen, um selbst wenigstens für einen Augenblick annähernd vollkommen zu sein, und ich dachte, ich möchte, ich muß es in irgendeiner Sache auch so weit bringen, etwas so gut machen, wie es ein Mensch nur machen kann, und Stefan hielt jetzt. Ja, ich war da, ich dankte ihm, daß er mich mitgenommen hatte zu der Party, und während ich die Straße zu meinem Zuhause hinunterschlenderte, ein Zeitungsmann überholte mich auf dem Rad, die Tasche mit dem

Packen Zeitungen war am Gepäckträger verrutscht und drohte hinunterzufallen. Während ich schon den Haustorschlüssel in der Hand hielt, überlegte ich, ob ich überhaupt Begabung für irgendeine Sache hätte, und mir fiel nichts ein.

ROBBI ZIELTE jetzt auf mich, »ratatatatatatatata«, er vermochte das Geräusch eines Maschinengewehres gut nachzuahmen, und er gab noch eine Salve auf mich ab, aber ich hatte keine Lust, mich zu Bruno auf den Boden zu legen; Robbi wurde jetzt böse, und auch Hannes sah herüber, als wollte er sagen, so tu ihm doch den Gefallen, und so tat ich Robbi den Gefallen, griff mir schmerzverzerrt mit beiden Händen an die Brust und ließ mich zu Boden sinken, neben Bruno hin, und Robbi war jetzt zufrieden, er krähte vergnügt, ich lag da und hörte die Nachrichten aus dem Fernseher, und jetzt legte Robbi anscheinend auf seinen Vater an, »ratatatatata«, und ich fand es nur gerecht, daß auch er sich hinlegen mußte, aber er wollte sich nicht hinlegen, und Robbi ließ nicht locker, »du mußt umfallen, Papi, du bist tot«, rief er, und Helga sagte, »nun spiel halt mit, eher gibt er doch keine Ruhe«, und Hannes legte sich auch auf den Boden, mit einem Fluch zwischen den Zähnen, und Robbi hatte noch nicht genug, er jagte jetzt auch seiner Mutter einen Hagel voll Kugeln in den Bauch, und wenn Georg, sein älterer Bruder, im Zimmer gewesen wäre, so hätte auch der ins Gras beißen müssen, soviel steht fest.

ICH NAHM den Zug um 5.47 Uhr. Die Sterne standen noch am Himmel, die grelle Lampe am Bahnsteig tat den Augen weh. Außer mir stieg nur noch ein älterer Herr mit Knickerbocker, Bergschuhen und Rucksack ein. Ich setzte mich auf die hölzerne Bank, legte die Füße auf die gegenüberliegende Bank und schloß die Augen. Zwischen Kuchl und Golling wurde es langsam hell, die Wiesen glänzten im Tau. In Bischofshofen nahm ich den Bus nach Mühlbach. Zwei Bauern, die, wie ich ihren Reden entnahm, die Nacht von Samstag auf Sonntag in den Wirtshäusern verbracht hatten, ziemlich verkatert, aber jeder immer noch eine angetrunkene Flasche Bier in der Hand, saßen vor mir. Es war kühl, und als ich die beiden Bauern sah, mit vorne offenen, dünnen weißen Hemden, da fror mich plötzlich sehr. Endlich fuhr der Autobus los, die kurvige, schmale Straße, die ich nun schon seit Jahren nicht mehr gefahren war. Nach einer halben Stunde hielt der Bus am Dorfplatz. Endstation. Ich stieg mit den wenigen Fahrgästen wieder aus, räusperte mich und spuckte ein paarmal, es war jetzt halb acht und Tag, immer noch kühl, und ich ging langsam den Weg durch den Wald hinauf zur Alm, denselben Weg, den ich früher immer gegangen war. Nach einer Weile spürte ich die Würze der Luft, und es kam ein Rhythmus in meine Bewegungen. Der Gang durch den Wald bei St. Georgen fiel mir ein, zum Pestmarterl, damals nahm ich mir vor, wieder einmal auf die Alm zu gehen.

WÄHREND ICH die Treppe hinaufstieg zu meinem Büro, kam er mir entgegen. Ich erschrak, denn die ganze Zeit hatte ich mich in Gedanken mit ihm beschäftigt, den ganzen Tag hatte ich schon auf eine günstige Gelegenheit gehofft, um mit ihm zu reden, um ihm meine Kündigung auszusprechen, aber ich hatte kein gutes Gefühl dabei, ich hatte Angst, und nun kam mir der Chef entgegen, ich wollte ihn schon an mir vorbeilassen, es auf ein anderes Mal verschieben, aber er lächelte mir freundlich zu, fragte, ob es meiner Mutter besser ginge, da hörte ich mich plötzlich fragen, »hätten Sie heute einmal Zeit für mich, ich muß Sie in einer dringenden Angelegenheit sprechen«, das Lächeln verschwand aus seinem Gesicht und er fragte, um was es ginge, und da stieß ich aus, ich wollte nämlich kündigen. Sein Gesicht blieb unbewegt, er fragte, aus welchem Grund, ob ich eine Gehaltserhöhung wünsche, darüber könnten wir doch reden, am besten, ich käme gleich nach Tisch zu ihm ins Büro, und ich stotterte noch irgendwas, und er ging an mir vorbei die Treppe hinab, und ich ging weiter die Treppe hinauf und war jetzt sehr froh, daß es gesagt war, und als ich oben war im ersten Stock, da begann ich beinahe zu hüpfen vor Übermut, und als ich an meinem Schreibtisch saß, da wußte ich zwar, daß die Schlacht noch nicht gewonnen war, jetzt würden alle möglichen Überredungskünste aufgewendet werden, um mich zu halten, diese Unterredung würde kein Honiglecken werden, aber ich würde mich nicht überreden lassen, das schwor ich mir.

»IM AUTOKINO an der Kendlerstraße spielen sie den Don Giovanni«, sagte Johannes, »Festspielprogramm.« Ob wir Lust hätten hinzufahren. Dieter erwiderte, wir führen ins Landeskrankenhaus, Gerda besuchen, darauf Johannes, Besuchszeit sei doch bloß bis vier Uhr, jetzt sei es fünf vorbei. Dieter sah auf die Uhr: »Tatsächlich. Ja, dann schauen wir uns den Don Giovanni an.« Mir war es auch recht, Johannes stieg ein, und während der Fahrt erzählte er uns seine Erlebnisse aus Badgastein, er war da eine Woche mit seiner Mutter gewesen, schilderte uns die vergammelten Greise mit den protzigen Ringen am Finger, die alten, bemalten Damen mit den Clownsgesichtern. Ein Rot-Kreuz-Wagen überholte uns mit heulender Sirene, und Johannes erzählte, wie ihn an einem der ersten Tage im Café »Weidinger« ein neunzigjähriger Amerikaner, er nannte ihn »die Mumie«, angesprochen hatte, wie er an seinen Tisch kam, sich mit einer Visitenkarte vorstellte, auf der eine New Yorker Adresse stand, wie er mit seiner Mutter ein paar Worte wechselte, und dann erklärte, er, Johannes, erinnere ihn so an seinen Sohn, der im Ersten Weltkrieg gefallen sei, und am nächsten Tag, fuhr Johannes fort, als er mit seiner Mutter die Fotos abholen ging, sei ihnen die »Mumie« auf der Promenade übern Weg gelaufen und habe sie ins Café »Weidinger« eingeladen und Mutter, höflich wie sie nun einmal sei, habe dankend angenommen, aber kaum hätten sie sich im Café niedergelassen, bekam die »Mumie« einen

Schwächeanfall, und der Ober sei telefonieren gegangen nach einer Ambulanz, und als sie ihn raustrugen, auf einer Bahre, hätte er ausgesehen, als sei er schon hinüber, aber am Abend sei er wieder in der Hotelhalle gesessen und habe auf sie gewartet, und er habe ein Geschenk dabeigehabt für Johannes, einen Bildband über Jerusalem.

LESEN, LESEN, lesen. Die Entzündung am Fuß ging langsam zurück. Manchmal hatte ich genug von den Büchern, ging in die Küche und sah zum Fenster hinaus. Aber man sah dasselbe wie am Fenster meines Zimmers: Autoschlangen, die sich in zwei Richtungen bewegten, wie auf Schnüren aufgereiht, wie einem rätselhaften Befehl gehorchend. Obwohl Mutter immer Angst hatte, der Kontrolleur könnte vorbeikommen und nach mir fragen, humpelte ich am Abend doch oft die Treppe hinunter, mit einem Stock, auf die Straße hinaus, sah zu Dieter hinüber, oder zu Onkel Alois, aber immer wieder kehrte ich zum Buch zurück. Ich malte mein Zimmer frisch aus, und an die Wand vis-à-vis von der Tür, über das Bett, hängte ich ein Plakat, das ich mir gekauft hatte, den thronenden Gott Re-Harachte, mit der Sonnenscheibe auf dem Falkenkopf, vor ihm ein abessinischer Harfenspieler. Dieses Bild belebt nun mein Zimmer. Am Ende der Woche ertappte ich mich bei dem Gedanken, daß ich eigentlich froh sei, am Montag wieder ins Büro gehen zu können. Das Nichtstun war anscheinend gar nicht so einfach, es befriedigte mich ebensowenig wie die Tätigkeit im Büro. Ich war mir nie wichtig vorgekommen, dachte, wenn ich nicht da bin, macht meine Arbeit irgendein anderer, und jetzt machte sie ja auch ein anderer; aber nach zwei Wochen Krankenstand sehnte ich mich zurück nach dem Einerlei der Büroarbeit, ich wollte wieder ein Rädchen sein im großen Getriebe, ich war wohl noch nicht reif zur Muße, dazu, über meine Zeit selbst verfügen zu können; ich las Romane, anstatt mir Kenntnisse anzueignen, zum Beispiel über die Geschichte des alten Ägypten; ich lag stundenlang auf dem Diwan und dachte darüber nach, was ich anfangen könnte, wenn ich von der Firma wegginge.

JEMAND RIEF meinen Namen, und als ich mich umdrehte, sah ich Herrn Kotsch, mit Frau und Kind, und ich grüßte auch, verfütterte den Rest der Brotstücke an die Schwäne, und Kotsch, es blieb mir nicht erspart, kam näher, stellte mich seiner Gattin vor, fragte, wie es meinem Fuß ginge, ob ich morgen wieder käme, und er sagte, »so vertreiben Sie sich also die Zeit.« Ich knüllte den leeren Papiersack zusammen und steckte ihn in die Hosentasche, ging langsam weiter, hoffte, Kotsch würde seiner Wege gehen, aber er wich nicht von meiner Seite, erzählte einige Neuigkeiten aus der Firma, er sei schon ein paarmal für mich eingesprungen, sagte er. Frau und Tochter spazierten hinter uns her und mir war klar, daß ich ihn jetzt so schnell nicht loswurde, er würde mit mir gehen, rund um den Teich herum, da half alles nichts, und ich fand mich darein, hörte mir seine Suada an, er erzählte jetzt, wieviel Geld er der Firma schon erspart hatte, »meine Kontrollen«, sagte er, »werden zwar belächelt von einigen Leuten, aber sie haben der Firma schon viel Geld erspart.« Ich erinnerte mich, daß mir Herr Eder einmal erzählte, Kotsch könne nicht einmal eine Bilanz richtig lesen, und ich nickte immer zu dem, was Kotsch sagte, und er begann jetzt von seinen früheren Tätigkeiten zu berichten, und obwohl er ja eigentlich nicht vom Fach sei, reize ihn doch diese neue Aufgabe bei uns, und er sei überzeugt, daß er mit der Zeit alle Leerläufe ausmerzen werde, und ich dachte, Schorsch würde ihm jetzt übers Maul fahren, ich bin feige, ich nicke nur und sage: »Mhm«, und Kotsch sagte, ich sei einer der wenigen Menschen in der Firma, mit denen man reden könne, und ich spürte, wie ich rot anlief.

»ICH SEH' nichts!« rief ich, und Johannes, der sich noch neben mich auf den Beifahrersitz gezwängt hatte, stieg wieder aus und begann mit seinem Taschentuch an der Windschutzscheibe zu reiben. Dieter sagte, so bekäme er die Scheibe nicht sauber, er verteile nur den Schmutzfilm auf die ganze Scheibe, und tatsächlich war jetzt noch weniger zu sehen, und Dieter sagte: »Konnte ja nicht wissen, daß wir hierher fahren«, und Johannes gab die Wischerei auf, die Ouvertüre war zu Ende, und man sah den Don Giovanni und den Leporello im Schatten einer Arkade stehen und miteinander reden, aber wir verstanden kein Wort davon, denn die Düsenmaschine, die sie drüben am Flugfeld warmlaufen ließen, heulte jetzt auf vollen Touren, und man sah das Gesicht von Cesare Siepi in Großaufnahme, es war wie im Stummfilm, man hörte nicht, was er sang, man hörte nur das Flugzeug, das jetzt über unsere Köpfe hinwegfegte, und als es sich immer weiter entfernte, hörte man wieder die andere Maschine am Flugfeld gleichmäßig dröhnen. »Schade, daß sie nicht einen Film von Charlie Chaplin spielen«, sagte Dieter, »da hätten wir wenigstens etwas davon gehabt.« – »Fahren wir wieder«, schlug ich vor, aber Dieter lachte nur höhnisch und deutete mit dem Daumen über seine Schulter, und ich drehte mich um, und tatsächlich, wir waren eingekeilt, ohne daß wir es merkten, hatte sich der Platz gefüllt, ein Wagen stand neben dem anderen, und sogar in der Gasse, die zum An- und Abfahren bestimmt war, standen sie. Ein wenig hörten wir sogar die Stimme des Don Giovanni, aber dann befand sich wieder eine Maschine in Anflugsposition, fegte dicht über uns hinweg auf die Landebahn zu, und es war, als reiße uns das Flugzeug die Köpfe weg, wir duckten uns unwillkürlich.

»EINE IST doch wie die andere«, rief Jupp, er meinte die Betonzellen. Eine davon würde er in sechs bis acht Monaten beziehen, und Fanny, seine Braut, sah das ein, es war egal, welche Wohnung nun die ihre sein würde, und sie hörte auf, herumzulaufen und zu raten, wo sie wohnen würden. Mir kamen diese Wohnwürfel winzig vor, Jupp sprach von 48 qm, die Loggia nicht mitgerechnet, das wäre schon teuer genug, und ich dachte, ich könnte mir nicht einmal dies leisten, nicht im entferntesten, und auch Jupp hätte die Anzahlung nicht zusammenbekommen, hätte sein zukünftiger Schwiegervater nicht hunderttausend Schilling zur Verfügung gestellt. Als Jupp den monatlich zu bezahlenden Betrag nannte, schüttelte es mich, und ich dachte, armer Jupp, da ist er nun ein Leben lang in diesem Würfel eingesperrt, zahlt Monat für Monat die Hälfte seines Einkommens allein für die Wohnung, und das zwanzig Jahre lang oder länger, und wenn ein Kind kommt, dann ist die Wohnung schon zu klein, und ich ging vorsichtig über das glitschige Brett, das von den Betonzellen wegführte, und dankte Jupp fürs Mitnehmen und sagte, ich ginge zu Fuß nach Hause, es seien ja nur ein paar Schritte, und als ich mich nach einer Weile umdrehte, stand Jupp noch immer drinnen in der Zelle und zeigte Fanny etwas, deutete auf die Wände, und Fanny legte einen Arm um Jupp, und ein wenig beneidete ich ihn nun doch.

»STÖR ICH?« fragte sie, und ich sagte, »ja, du störst immer«, aber ich sagte es mehr im Scherz, und zögernd schloß sie die Tür und kam herein, und ich dachte, ich hab nicht einmal gehört, daß es geklingelt hat. »Stell dir vor«, sagte sie, »Max ist gerade bei uns und hält schon wieder um meine Hand an, und Papa hat ihn nicht hinausgeworfen, sie trinken zusammen Bier, vielleicht sagt er jetzt ja, was soll ich machen, was sagst du dazu?« Ich erwiderte, ich kenne Max zu wenig, ich könne nichts sagen, außerdem, sie müsse wissen, ob sie ihn liebe oder nicht. »Liebe«, sagte sie, »man liebt durch den anderen hindurch doch nur sich selbst«, ja, ich erinnerte mich, ich hatte diesen Satz angestrichen, sie hatte das Buch noch immer, und ich fragte, »was macht Otti?« – »Die geht jetzt mit Andreas«, sagte sie, und ich dachte an Max und konnte sie plötzlich nicht mehr leiden in meinem Zimmer, erhob mich und sagte, ich müßte noch raus an die frische Luft, und ich ging mit ihr das Stück bis zu ihrem Block, dann sagte ich Gute Nacht und spazierte die Straße zwischen den Häuserblöcken hinauf, es war schon dunkel, nach acht Uhr, und aus allen Wohnungen, mir schien es zumindest so, schnarrte dieselbe Stimme eines Fernsehsprechers, und ich bog in die Fürstallergasse ein, und auch hier hörte ich, während ich an den Blöcken vorbeiging, aus allen Fenstern dieselbe Stimme, und ich dachte, die Leute hören alle dasselbe, und ich stellte mir vor, daß alle Leute in der ganzen Stadt dasselbe hören, sich alle aus einem Lautsprecher berieseln lassen.

GEGEN MITTAG kamen Wolken auf, und innerhalb kurzer Zeit war das Hochkönig-Massiv nicht mehr zu sehen, und je weiter ich hinaufstieg in die Almregion, desto diesiger wurde es, und als ich gegen halb eins aus der Kopphütte, wo ich Mittagsrast gehalten hatte, herauskam, war alles in Nebel gehüllt, man konnte nur noch zwanzig Meter weit sehen. Ich durchquerte das Rieding-Tal, wanderte hinüber auf den Mitterberg, vorbei am Arthurhaus, wollte zur Mitterfeldalm. Als ich jedoch ein paar hundert Meter auf dem steinigen, schmalen Pfad gegangen war, kam ein scharfer, drohender Wind auf, er roch nach Schnee (immerhin war es Ende Oktober), und ich beschloß umzukehren und am Jägersteig nach Bischofshofen zu wandern. Ich war jetzt schon mehr als vier Stunden gelaufen und verspürte nicht die geringste Müdigkeit. Als ich eine Weile abwärtsgewandert war, ließ der Wind nach, hörte dann ganz auf, und die Sicht wurde besser. Es war völlige Stille, kein Zweig regte sich, kein Vogel war zu hören, es war, als schlafe die Natur einen tiefen Schlaf. Ich fühlte mich wach, hellwach, und setzte mich unter eine Föhre am Wegrand.

Ich war ohne einen Gedanken, und es war, als atme ich mit demselben Atemzug, mit dem die Bäume, Gräser und Steine atmeten.

Ich hätte ewig hier verweilen können, raffte mich aber dann auf – ich mußte zum Zug –, wanderte weiter den

Pfad hinab, völlig allein auf der Welt, und als ich dann zum ersten Bauernhof kam und ein altes Bäuerlein am Zaun hantieren sah, rief ich ihm einen Gruß zu.

VOR EINEM Schuhgeschäft blieb ich stehen und betrachtete mein Spiegelbild im Schaufenster, und ich dachte, das bist du, und ich fühlte mit der Hand in die Rocktasche, ja, das Kuvert mit dem Zeugnis, der Abrechnung, dem Geld, alles war da, und ich lief weiter, den ganzen langen Weg nach Hause zu Fuß, ich erlebte alles, was in mein Bewußtsein einging, intensiv wie nie zuvor, ich war außer mir, jeder Schritt, jeder Blick war abenteuerlich und neu, die Welt hatte sich plötzlich verändert.

Umag, September 1972

»Der Meister der kleinen Form«

Günther Stocker,
Neue Zürcher Zeitung

Michael Köhlmeiers Erzählungen beginnen oft mit einem schlichten, einfachen Satz, und doch ist man sofort mittendrin: »Ich hatte einen Fehler begangen, einen empfindlichen.« Es geht in diesen Geschichten nicht um die ganz großen Themen, es geht um das, was nebenbei und zwischendurch passiert. Die Erzählung *Auf Bücher schießen und andere Kleinigkeiten* handelt von einem Traum, *Mut am Nachmittag* von einem Mann, der traurig ist. *Ein freier Nachmittag, Unterhaltungen in der Küche* – davon erzählt der Autor meisterhaft, und irgendwann kommt dem Leser der Verdacht, dass es hier vielleicht doch um das ganze Leben geht. Dieser Band enthält auch sechs neue Erzählungen.

MICHAEL KÖHLMEIER
MITTEN AUF DER STRASSE
DIE ERZÄHLUNGEN

Deuticke

616 Seiten. Gebunden
www.deuticke.at